C'EST LA FAUTE À
MARIO LEMIEUX

Catalogage avant publication de Bib[...]
Québec et Bibliothèque et Archives [...]

Gélinas, Luc, 1965-

C'est la faute à Mario Lemieux

Suite de: C'est la faute à Ovechk[...]
Pour les jeunes.

ISBN 978-2-89723-169-9

I. Titre.

PS8613.E453C46 2013   jC843'.6   [...]   2-7
PS9613.E453C46 2013

Les Éditions Hurtubise bénéficient du soutien financier des institutions suivantes
pour leurs activités d'édition:

– Conseil des Arts du Canada;
– Gouvernement du Canada par l'entremise du Fonds du livre du Canada (FLC);
– Société de développement des entreprises culturelles du Québec (SODEC);
– Gouvernement du Québec par l'entremise du programme de crédit d'impôt
pour l'édition de livres.

Maquette de la couverture: René St-Amand
Illustration de la couverture: Kinos
Maquette intérieure et mise en pages: Martel en-tête

Copyright © 2013, Éditions Hurtubise

ISBN 978-2-89723-169-9 (version imprimée)
ISBN 978-2-89723-170-5 (version numérique PDF)
ISBN 978-2-89723-171-2 (version numérique ePub)

Dépôt légal: 1er trimestre 2013
Bibliothèque et Archives nationales du Québec
Bibliothèque et Archives Canada

Diffusion-distribution au Canada: Diffusion-distribution en Europe:
Distribution HMH   Librairie du Québec/DNM
1815, avenue De Lorimier   30, rue Gay-Lussac
Montréal (Québec) H2K 3W6   75005 Paris FRANCE
www.distributionhmh.com   www.librairieduquebec.fr

Imprimé au Canada
www.editionshurtubise.com

Luc Gélinas

C'EST LA FAUTE À MARIO LEMIEUX

Hurtubise

Journaliste sportif bien connu, **Luc Gélinas** travaille pour RDS depuis plus de vingt ans. Il est l'auteur des deux tomes de *La LNH, un rêve possible,* qui retrace les parcours dans le hockey mineur de quatorze joueurs professionnels. *C'est la faute à Mario Lemieux* est la suite du best-seller *C'est la faute à Ovechkin.* Une série enlevante qui se déroule dans les coulisses de la LHJMQ.

*À ma fille Daphnée que j'aime
et qui remplit ma vie d'immenses
moments de bonheur depuis 1996.*

1

Un nouveau rôle

C'est plutôt inhabituel que l'entraîneur Richard Caisse fasse confiance à Félix pour une mise en jeu dans la zone défensive. Surtout quand le pointage est serré comme c'est le cas en ce moment.

Les deux patins bien ancrés dans la glace, le jeune attaquant de seize ans serre solidement son bâton, les yeux rivés sur la main de l'officiel. Dès qu'il commence à rabaisser son bras et qu'il déplie ses doigts, le petit joueur de centre des Huskies avance brusquement la jambe droite pour bloquer son vis-à-vis, puis il pousse tout son corps vers l'avant. D'un geste vif, avec son patin, il balaie vers l'arrière le disque qui sautille encore.

Le défenseur Justin Bishop s'en empare et recule pour orchestrer une attaque. En accélérant vers la zone neutre, Félix se dit qu'en ayant réussi sa mission, il vient peut-être de gagner des points aux yeux de son entraîneur. Ça ne fera certainement pas de tort, car il a l'impression qu'il est constamment sur son dos. Pire que ça. Il a le sentiment d'être devenu sa tête de Turc.

Alors que Félix revient vers son territoire pour longer sa ligne bleue et se donner en cible, Bishop se fait accrocher et perd le contrôle de la rondelle. Les Olympiques écopent d'une punition. Ça ne fait que dix-sept secondes que son trio a été lancé dans la mêlée et déjà tout le monde est rappelé au banc des Huskies. Frustrée, la recrue aurait le goût de fracasser son bâton et de retraiter au vestiaire pour se déshabiller.

On arrive à mi-chemin de la période initiale et c'était sa toute première apparition dans le match. Mais à seize ans, c'est absolument impensable de se plaindre ou de s'apitoyer sur son sort. Malgré la frustration qui l'envahit, le petit hockeyeur de Louiseville n'a d'autre choix que de patienter et d'attendre la prochaine tape dans le dos, signe que ce sera à nouveau son tour de retourner sur la patinoire.

Cette petite claque sur l'épaule, il ne la reçoit que huit minutes plus tard. Il saute sur la glace pour une banale présence d'une quarantaine de secondes au cours de laquelle il ne touche même pas à la rondelle.

Les choses ne s'arrangent pas lors du second engagement. Comme Félix n'est pas utilisé sur les unités spéciales, il réchauffe le banc chaque fois qu'un joueur écope d'une punition, peu importe l'équipe. C'est impossible pour lui de provoquer des étincelles en ayant constamment les deux fesses clouées sur le banc.

— Quatrième ligne, *let's go*! Ça va être à votre tour, crie l'adjoint Éric Renaud.

C'est le signal qu'il attend, comme le brave chien à qui le maître dit avec enthousiasme: «Allez, va chercher la balle!» C'est tout ce que Félix veut entendre. On est au milieu de la période et ce n'est que la troisième fois qu'on fait appel à ses services. Il bondit par-dessus la rampe avec énergie et décampe à toute vitesse vers sa zone, où les Olympiques contre-attaquent.

Facilement, le vétéran gardien Dean Perron étire la jambière droite et bloque un tir de la pointe. Éric Boisvert saisit le rebond, prend deux enjambées et refile le disque à Félix qui s'amenait à la rescousse. Sans perdre une seconde, la recrue pivote, capte la rondelle et détale en évitant un rival. En quittant son territoire, il aperçoit son coéquipier Zachary Webster seul à gauche. Au même instant, une brèche s'ouvre sur la droite. En pleine accélération, il penche son épaule, pivote vers l'ouverture et continue sa poussée chez l'ennemi. En une fraction de seconde, Félix franchit la ligne bleue et évalue toutes les options qui s'offrent à lui.

Lire le jeu, prendre la bonne décision et bien exécuter la manœuvre nécessaire, c'est ce que les experts appellent «avoir le sens du hockey» et ça, c'est inné chez Félix. Un joueur des Olympiques bloque la ligne de passe vers Webster. Prendre un tir serait inutile, car l'arrêt serait trop facile de cet endroit. Quelle option reste-t-il? Pousser la rondelle dans le coin? Jamais. Garder le disque et tenter une feinte puis couper vers le filet? C'est trop risqué. Laisser à Jonathan Léveillé qui le suit pas très loin derrière? C'est assurément le meilleur pari.

Félix s'élance et feint un lancer frappé. Au moment où le défenseur se dresse devant lui pour bloquer le tir en grimaçant, il remet sans hésiter à son coéquipier puis se dirige vers le filet pour faire dévier la rondelle ou profiter d'un retour. Léveillé, qui le talonnait de trop près, ne s'attendait pas à un tel jeu et il poursuit sa course sans être en mesure de freiner ou de profiter du disque libre. Le défenseur des Olympiques hérite du cadeau et relance l'attaque des siens. Quand Félix et ses compagnons de trio arrivent dans leur zone, Perron a déjà effectué l'arrêt.

— Riopel, tu viens encore de causer un revirement. Quand vas-tu finir par comprendre qu'on te demande de faire des jeux simples? lui demande Caisse à son retour au banc.

— C'est pas de ma faute si Léveillé dort au gaz, réplique le jeune.

— J'te parle pas de Léveillé, j'te parle de ce qu'on te demande de faire sur la glace. Es-tu trop nul pour comprendre? As-tu causé un revirement? Oui ou non? La réponse, c'est oui, t'as causé un revirement! hurle l'entraîneur hors de lui.

La voix de l'annonceur maison des Olympiques de Gatineau résonne encore dans la tête de Félix.

«Le but des Huskies marqué par le numéro trente-sept, Marc-Olivier Laflamme, avec l'aide du numéro vingt et un, Mathieu Archambault, et du numéro seize, Mathis Lecours, à sept minutes et trente-trois secondes.»

C'est cinq à un pour Rouyn-Noranda et il n'y a pas que les partisans rassemblés dans l'aréna Robert-Guertin qui n'apprécient pas le spectacle. Assis sur le bout du banc avec Webster et Léveillé, Félix n'a presque pas été impliqué depuis le début de la rencontre.

Au moins, les gens dans les gradins peuvent afficher leur mécontentement. Félix, lui, doit jouer la comédie et encourager ses coéquipiers en souriant. D'ailleurs, il se demande bien si Webster et Léveillé sont aussi frustrés que lui ou s'ils sont réellement contents de voir l'équipe gagner sans leur contribution. Ils sont sûrement heureux. Il ne les a jamais entendus se plaindre et, apparemment, ils ont l'air de se plaire dans leur rôle de joueurs de soutien sur le quatrième trio des Huskies. Si Léveillé ne s'est même pas fâché quand Félix a répliqué au coach qu'il dormait au gaz, il n'est sûrement pas en train de bouillir de colère parce qu'il ne joue que sporadiquement.

Avec une confortable avance, Caisse les enverra peut-être dans la mêlée plus souvent d'ici la fin de la rencontre? Ça ne semble pas le cas. Déjà trois minutes d'écoulées depuis le but de Laflamme et l'entraîneur-chef n'a pas encore fait signe aux membres du quatrième trio.

— Cinq à un, dix minutes à faire au match, me semble que Caisse pourrait nous faire jouer, murmure Félix à Léveillé assis à sa gauche.

— Es-tu malade? Les Olympiques sont tout croches aujourd'hui. Les gars du premier pis du deuxième trio veulent en profiter pour ramasser une couple de points, explique l'attaquant de dix-huit ans. Même que, sur le dernier but, Lecours est allé se téter une passe à l'arbitre… y a jamais touché à *puck* sur la séquence.

— Donc tu penses qu'on n'embarquera pas plus souvent? renchérit Félix.

— Bof… on s'en sacre de ce que je pense, Rippy. Notre job, c'est d'être prêt quand il nous fait signe, conclut laconiquement Léveillé sans même le regarder.

Il reste huit minutes à la partie. Les Olympiques viennent d'écoper d'une autre punition. L'analyse de Léveillé n'est pas vilaine, car le quatrième trio est maintenant assuré de réchauffer le banc pour deux autres minutes.

Habituellement, lorsqu'il n'est pas sur la patinoire, Félix observe très attentivement ses rivaux en reprenant son souffle. Il essaie de les étudier le mieux possible afin d'être encore plus efficace lorsqu'il retournera dans le feu de l'action. Depuis deux semaines, il ne joue qu'à l'occasion et il n'examine même plus ses adversaires. Maintenant, après de longs moments sur le banc, il se transforme presque systématiquement en spectateur inattentif.

Aujourd'hui, c'est différent, il est furieux. Sa mère, Line, et sa sœur, Véronique, sont là, de même que son amoureuse Emma. Elles se sont déplacées à Gatineau pour le voir jouer, pas pour le regarder encourager son équipe. Jusqu'à présent, sa journée de travail se résume à deux présences lors du premier engagement, quatre lors de la période médiane et seulement deux depuis le début du troisième vingt. Depuis plus d'une heure, toutes les trente secondes, il regarde derrière lui en direction d'Emma. Richard Caisse, qui n'est pas né de la dernière pluie, a vite constaté que son jeune joueur était irrité et déconcerté.

— Pascal, t'embarqueras la quatrième ligne au prochain tour. Mais pas avec Riopel. Labelle va

15

prendre sa place au centre parce que le jeune a pas l'air dans son assiette à soir. En plus de prendre des mauvaises décisions, il passe son temps à regarder dans les estrades. Laisse-le sur le banc jusqu'à la fin de la *game*.

Comble de malheur, les Huskies augmentent leur avance : c'est six à un lorsque David Labelle s'empare d'un retour de lancer pour déjouer le gardien des Olympiques.

« Le but des Huskies marqué par le numéro vingt-cinq, David Labelle, avec l'aide du numéro douze Zachary Webster et du numéro trente-six Jonathan Léveillé, à seize minutes et dix-huit secondes. »

Déçus de la tournure des événements, les partisans ont commencé à quitter l'aréna en huant leurs favoris avant même l'annonce du but. La voix de l'annonceur maison fait de nouveau écho dans l'esprit de Félix. Il aimerait partir lui aussi, mais c'est impossible. Comme un robot, il se lève en souriant hypocritement et frappe dans la main de ses coéquipiers qui défilent en rafale devant le banc pour célébrer le but des Huskies.

Découragé, Félix se rassoit sans dire un mot. Malgré le fait que les joueurs des Huskies soient tassés comme des sardines sur le banc, jamais il ne s'est senti aussi seul au monde. Il dépose son bâton, rentre les épaules vers l'intérieur, appuie sa tête contre la rampe et ferme les yeux en soupirant.

« C'est ça, je suis rendu une *cheerleader*… rien qu'une petite *cheerleader* qui encourage tout le monde. Donnez-moi des pompons, s'il vous plaît. »

C'est ce qu'il aimerait crier haut et fort à Caisse. Bien sûr, il n'en a pas le courage… et surtout, il n'est pas assez idiot !

2

Un exil difficile

À la fin de novembre, comme partout au Québec, il faut se vêtir chaudement pour marcher dans les rues de Louiseville. Quand le vent se lève sur le lac Saint-Pierre, on a toutefois l'étrange sensation que c'est plus frisquet qu'ailleurs en Mauricie. À cette époque de l'année, il y a longtemps que les feuilles colorées se sont toutes détachées des arbres et il faudra encore attendre un peu avant que le sol se couvre d'une belle neige blanche. Et comme les journées raccourcissent de plus en plus, c'est certainement le changement de saison le moins agréable. Personne n'aime ces quelques semaines grises, froides et maussades.

Pourtant, d'aussi loin qu'il se souvienne, Félix a toujours adoré cette période si déprimante pour bien des gens. Pas surprenant, il a souvent l'impression de ne pas penser comme les autres.

D'ailleurs, en ce moment même, il se sent encore différent. Les deux mains dans les poches, la cagoule de son chandail enfoncée sur la tête, il marche très lentement vers l'école en écoutant des succès du groupe Kaïn et en pensant à sa famille et à ses amis de Louiseville. Pour quelques minutes, il a pratiquement oublié qu'il vivait maintenant à Rouyn-Noranda, en Abitibi. Tous les autres élèves qui se dirigent vers la polyvalente Iberville défilent d'un pas rapide et décidé, car c'est la journée la plus froide de l'automne et une légère bruine tombe sur la ville. Le vent l'annonce : d'ici quelques jours, l'hiver régnera sur le Nord-Ouest québécois.

Avant de quitter la maison des Casault, en regardant par la fenêtre qui donne sur la terrasse arrière, Félix avait inconsciemment commencé à ressasser de vieux souvenirs d'enfance. L'odeur du poêle à bois jumelée au temps froid et grisâtre lui a fait penser à son père. Ça lui arrive encore à l'occasion d'être frappé soudainement d'un flash, comme si quelqu'un lui plaçait une vieille photo sous les yeux. Il devait avoir environ quatre ans ; probablement, puisqu'il n'allait pas encore à la maternelle. C'était un samedi matin aux conditions météorologiques identiques à celles d'aujourd'hui. Son père et lui avaient passé la matinée dehors à préparer la patinoire, dans la cour arrière, à côté du garage. Il se souvient encore qu'il portait un petit imperméable jaune et des bottes de pluie vertes, trop grandes pour lui.

André Riopel avait calculé que c'était sa seule journée de congé avant que l'hiver ne prenne possession de Louiseville. Il ne pouvait donc plus attendre. Malgré le froid et le désagréable crachin, son père avait pris tout le temps qu'il fallait pour placer une toile sur le gazon et disposer des petites rampes de fortune qui éviteraient de perdre des rondelles, plus tard, quand l'hiver serait bien installé.

Ce matin, en se rendant à l'école, la recrue des Huskies continue de penser à cette journée qui n'avait pourtant rien de spécial en apparence. Mais à seize ans, ce vieux souvenir lui faisait réaliser une fois de plus à quel point son père devait l'aimer profondément pour avoir passé deux heures à préparer une patinoire tout en rigolant avec lui. Ce sont des choses dont on ne prend malheureusement conscience qu'en vieillissant. Plus le vent glacial frappe ses joues et plus il en est convaincu. C'est pour cette raison qu'il marche lentement vers l'école et c'est pourquoi il adore ces journées que d'autres détestent. Pour ça... et aussi parce que ça signifie que les patinoires extérieures seront prêtes dans peu de temps, et c'est encore aussi important pour lui aujourd'hui que ça l'était quand il n'avait que quatre ou cinq ans.

— Salut, Rippy! T'as pas remarqué qu'il pleuvait? lui demande en riant Fred Lemay, un camarade de classe avec qui il s'est rapidement lié d'amitié. Cibolache, t'es tout mouillé!

— Exagère pas. C'est pas si pire, mon Fred!

— Je ne pensais pas te voir à l'école ce matin. Vous devez être arrivés pas mal tard hier après votre partie à Gatineau?

— On a joué à seize heures, c'est moins pire que d'habitude. *Anyway*, je ne suis pas fatigué. C'est pas mal difficile d'être fatigué quand t'embarques sur la patinoire seulement six ou sept fois durant toute la partie, soupire Félix en refermant sa case.

— Désolé, Rippy. J'ai pas écouté le match hier à la radio et je ne savais pas ça. Qu'est-ce qui s'est passé?

— Sais pas. Ça fait quatre ou cinq *games* que je ne joue presque pas. Allez, ramasse tes affaires, on va aller écouter madame Gagnon! Un cours de chimie, ça va me changer les idées.

— Cibolache, tu me niaises, Riopel! Faut être démoralisé en maudit pour dire des affaires de même! Est ben fine, madame Gagnon, mais y a des limites à triper sur ses cours.

Frédéric avait bien raison. Pendant que madame Gagnon explique sans aucun enthousiasme la différence entre les molécules et la façon dont on les assemble, Félix décroche et oublie son père ainsi que tout ce qui se rattache à Louiseville. Il faut dire qu'involontairement, son copain l'a vite ramené sur terre en lui parlant des Huskies. Devrait-il aller rencontrer l'entraîneur-chef Richard Caisse? Ce n'est pas normal que son temps de jeu ait diminué de la sorte. Pascal Milette, l'entraîneur adjoint responsable des attaquants, lui a parlé samedi, après la rencontre à Rimouski, mais ses explications n'étaient pas très convaincantes et ses réponses restaient plutôt évasives.

«C'est normal, *kid*. C'est déjà bon de jouer dans la ligue à seize ans, alors ne t'en fais surtout pas avec ça. L'important, c'est de faire de ton mieux quand le coach t'envoie sur la glace. Concentre-toi sur ce que tu contrôles, et la seule affaire que tu contrôles, c'est comment tu joues et comment tu te prépares.»

Il aurait cru entendre son père. Mais c'était la première fois que ces phrases sortaient de la bouche d'une autre personne que lui. C'est un discours qu'il avait déjà entendu des dizaines de fois et qu'on lui répéterait vraisemblablement encore à des centaines d'occasions.

C'est ce qui fatigue le plus Félix: il n'a aucun contrôle sur la situation. Il joue bien, mais Richard Caisse semble avoir perdu confiance en lui. Est-ce qu'il veut le tester pour voir comment il va se comporter? Et comment pourrait-il réagir intelligemment? Il ne peut rien dire, car l'équipe accumule les victoires.

Catapulté dans une vie qui ressemble trop à celle des adultes, Félix ne s'est jamais senti aussi seul. Il ne veut pas embêter sa mère avec ses problèmes et de toute façon, elle s'inquiéterait tellement pour lui que ça deviendrait un autre problème en soi. Téléphoner à sa blonde? Hors de question. Emma lui dirait de rentrer à la maison, ce qui n'est nullement une solution. Son meilleur ami Carl? Ça serait probablement la meilleure personne à qui se confier, mais pourquoi l'ennuyer avec le hockey alors qu'il ne joue plus qu'une fois par semaine dans la ligue de garage de son père?

Si au moins il avait un agent comme la plupart des gars dans l'équipe, celui-ci pourrait le conseiller. Et il pourrait même rencontrer le directeur général, Dany Lafrenière, et exiger une transaction.

«Là, Lafrenière, tu vas dire à ton gros tata de coach qu'il fasse jouer mon client plus souvent. Sinon, on va exiger un *trade*. Riopel a du talent à revendre pis y fait de la maudite bonne job. Il ne mérite pas de rester sur le banc. Ça fait deux semaines qu'il n'a pas amassé un point pis c'est pas de sa faute parce qu'il joue sur un quatrième trio avec deux ti-counes. Y a pas un club dans la ligue qui ferait ça à un *kid* de seize ans bourré de talent. *Wake up* parce que là mon client commence à être tanné. Pis si on rend ça public et qu'on demande un échange dans le journal, tu vas avoir l'air fou.»

C'est clair que ça se passerait comme ça et toutes les choses rentreraient dans l'ordre. Il faut qu'il réussisse à convaincre sa mère qu'il a absolument besoin d'un agent le plus rapidement possible.

— Félix Riopel? J'attends la réponse… dit Chantal Gagnon en haussant le ton.

— Pardon, madame Gagnon. Je n'ai pas bien compris ce que vous avez dit. Pourriez-vous répéter la question, s'il vous plaît?

— Certainement, Félix. Quelle est la valeur de H? demande-t-elle à nouveau en laissant échapper un bref soupir de mécontentement.

— Je suis désolé, madame, mais je crois que je n'étais pas présent quand vous avez expliqué ça.

— Je viens tout juste de le mentionner, Félix. Je crois que tu ne m'écoutais pas. Sais-tu au moins ce que H représente?

— H, c'est pas pour «hydrate»? rétorque Félix, visiblement pris au dépourvu.

— Non, pas du tout. H représente l'hydrogène et sa valeur, c'est un. Déjà que tu rates pas mal de cours, tu devrais songer à être attentif quand tu es en classe, réplique l'enseignante d'un ton ferme.

— Vous avez raison, madame. Je suis désolé. On jouait sur la route hier et on est rentrés tard. Je suis un peu fatigué ce matin.

Pour la première fois de sa vie, Félix n'est pas enthousiaste en passant la porte d'un aréna. Depuis le matin, il repense à son utilisation par les Huskies et l'histoire a fait boule de neige dans sa tête. La semaine dernière, sa situation était identique, mais ça ne le préoccupait guère, car il estimait que ça ne durerait pas. Les parties du week-end à Rimouski et à Gatineau ont envenimé les choses. À présent, il commence à soupçonner les vétérans. Peut-être qu'ils complotent contre lui parce qu'ils sont jaloux de son talent et craignent de le voir les surpasser.

Après l'école, il a même songé à téléphoner au directeur général Dany Lafrenière pour lui dire qu'il ne sentait pas très bien et qu'il allait se reposer à sa pension. S'il avait été assuré de tomber directement sur sa boîte vocale, c'est ce qu'il aurait fait. Mais il ne désirait pas courir le risque d'entendre la voix de Lafrenière et de bégayer maladroitement en inventant un prétexte pour ne pas aller à l'entraînement des Huskies. Et impossible d'envoyer un message texte, car c'est à l'encontre des règlements de l'équipe dans ce genre de situation.

Mais pourquoi diable doivent-ils encore s'entraîner aujourd'hui? Les Huskies alignent les victoires, alors une petite journée de répit aurait certainement été la bienvenue. S'il avait été humain, Richard Caisse leur aurait accordé un congé. Mais c'est l'essence même du problème, l'entraîneur-chef n'éprouve aucun sentiment. D'ailleurs, la dernière fois qu'il a réellement adressé la parole à Félix, c'était pour lui dire qu'il avait changé d'idée, qu'il n'était curieusement plus retranché et qu'il avait mérité un poste avec les Huskies. C'était à la fin de septembre ! De toute façon, le coach a tellement l'air bête qu'il aime autant ne pas lui parler.

Assis dans le vestiaire, tranquille dans son coin, Félix répond à un message texte d'Emma, plonge son portable dans la poche de son kangourou puis se penche pour nouer les lacets de ses patins en continuant de broyer du noir et en imaginant des scénarios de conspirations malveillantes à son endroit. Il regarde ses coéquipiers se taquiner en enfilant leur uniforme et il se rend compte que jamais auparavant il n'avait perçu un entraînement comme une corvée. Au cours des dernières journées, même s'il commençait à s'impatienter sérieusement, le jeune numéro cinquante-sept des Huskies a été habile à jouer la comédie en cachant ses émotions et en rigolant avec les gars. Aujourd'hui, il n'a plus la force de tenir le rôle du gars cool que rien n'ébranle. En même temps, il ne peut guère afficher ses sentiments ni exprimer librement la rage qui le ronge intérieurement, car il serait vite perçu comme un joueur égoïste. S'il agissait ainsi, ses pairs le traiteraient en paria. Le club n'a pas perdu depuis plus de deux semaines et il ne trouvera aucune oreille compatissante dans le vestiaire. Même s'il n'a que seize ans, il a compris depuis longtemps que personne n'aime les plaignards. Fermer sa gueule et prendre son trou demeurent les meilleures alternatives pour l'instant.

Lorsque Félix se retrouve sur la patinoire, son sentiment d'injustice et de frustration se dissipe. En fait, il se métamorphose plutôt en colère. Dès le premier coup de patin, le jeune hockeyeur cesse inconsciemment de s'apitoyer sur son sort et il se défonce comme un enragé pour exorciser toutes les pensées négatives qui l'habitent. Quand ça va mal, il n'y a certainement pas de meilleur exutoire que le hockey, et même si Caisse dirige un bref entraînement, c'est suffisant pour que Félix retrouve un meilleur état d'esprit en quittant la patinoire. Ce n'est toujours pas la joie, mais, au moins, les quarante dernières minutes lui auront permis de se défouler.

— T'as pas l'air de bonne humeur, le *kid*, lui lance le capitaine, Marc-Olivier Laflamme, en l'interceptant dans le portique de l'aréna Iamgold.

— Non, non. Tout est ben correct, *captain*, réplique Félix en arrêtant de marcher et en feignant un petit sourire doucereux.

— T'as pas l'air dans ton assiette, j'trouve… On dirait même que t'as mangé de la vache enragée.

— Je suis de bonne humeur, pourtant. C'est juste que ma blonde est à prendre avec des pincettes ces temps-ci, pis ça commence à me fatiguer pas mal.

— Si je peux me permettre, commence surtout pas à te casser la tête avec une fille à seize ans ! Si c'est trop compliqué avec elle, dis-toi qu'il va y en avoir une couple ici qui vont faire la file pour prendre sa place! Pis t'en choisiras une qui a son permis de conduire, comme ça je ne serai plus obligé de te donner des *lifts* quand il pleut!

— Mo a raison, *man*, interrompt Raphaël Bouchard en donnant un coup de poing amical sur l'épaule de Félix. Fie-toi à un expert en la matière. Les filles, l'amour pis le hockey c'est du pareil au même. Quand un joueur commence à mener le trouble, ou bien tu l'échanges, ou bien tu le soumets au ballottage. À moins qu'on parle d'un joueur de concession, dans ce cas-là, il faut lui donner une deuxième chance... c'est la même chose avec les *chicks*.

— C'est ça le problème, Raph! Ma blonde Emma, c'est un joueur de concession. Un choix de première ronde... une vraie perle!

— Hé, Boutch, lâche le *kid* avec tes conseils de deux de pique! T'es le pire playboy de toute l'histoire des Huskies. Tu dis quoi faire à tout le monde, pis à ma connaissance, t'as jamais eu de blonde avec qui ça a duré plus que deux semaines, intervient Marc-Olivier en riant.

Amusé, Félix abandonne les deux vétérans qui continuent de philosopher sur l'amour en traçant des parallèles avec le hockey. Il n'est pas très fier d'avoir menti en jetant tout le blâme sur la pauvre Emma qui n'a rien à voir avec ses malheurs. Malgré la distance, jamais leur amour n'aura été aussi solide qu'en ce moment. Séparés l'un de l'autre depuis presque trois mois, les tourtereaux au caractère jaloux et possessif ont été obligés de se faire confiance mutuellement.

Bien que leur histoire ait failli se terminer à l'Halloween quand Félix a découvert sur Facebook des photos de sa dulcinée prises alors qu'elle était dans un party, déguisée en Jasmine, la célèbre amoureuse d'Aladin. Elle était beaucoup trop sexy, beaucoup trop souriante et beaucoup trop collée sur des gars qu'il ne connaissait même pas. Félix a pété les plombs et lui a téléphoné immédiatement pour lui crier que c'était terminé. Emma n'a même pas eu le temps de placer un seul mot qu'il avait déjà raccroché. Cette journée-là, il n'y était pas allé avec le dos de la cuiller, et ses allusions avaient été malicieuses et ses accusations gratuites. Dans la plupart des cas, l'idylle aurait pris fin sur-le-champ et les deux adolescents ne se seraient plus jamais reparlé. Plus mature que son chum, Emma lui a envoyé un long courriel le lendemain matin. En gros, elle disait qu'il avait bien raison et que c'était beaucoup mieux que leur relation se termine, elle ne voulait plus vivre sous le joug d'un partenaire méfiant qui ne lui faisait jamais confiance. Elle en avait aussi profité pour lui rappeler que l'année précédente, il l'avait lui-même trouvée très jolie dans son minuscule costume de cowgirl et qu'il s'était également moqué de plusieurs filles qui, selon lui, étaient déguisées comme des mascottes. Et surtout, elle concluait en soulignant que depuis plusieurs semaines, son propre mur Facebook était inondé de photos prises avec des groupies et qu'elle n'avait pas dit un mot. Elle, elle ne doutait pas de lui. Elle croyait en son amour.

Emma a certes fait preuve de maturité, mais elle a surtout usé de stratégie : elle était persuadée que Félix rappliquerait en rampant et en se confondant en excuses. Effectivement, l'espoir des Huskies a admis qu'il n'aurait pas dû s'énerver ainsi. C'était la vengeance silencieuse d'Emma pour riposter à tout ce qu'elle avait vu sur son propre mur Facebook. La ravissante Colombienne savait parfaitement que son amoureux verrait rouge en la voyant avec des garçons, heureuse et souriante dans son costume de Jasmine. Tout s'était déroulé comme elle l'espérait et il s'était empressé de lui demander pardon en bafouillant de honte et de remords.

Depuis, tout allait pour le mieux. C'est la seule chose qui comptait.

Vendredi soir, les Screaming Eagles du Cap-Breton sont de passage à l'aréna Iamgold à Rouyn. Toujours utilisé au sein du quatrième trio avec Zachary Webster et Jonathan Léveillé, Félix ne met pas plus souvent les patins sur la glace. Il parvient néanmoins à freiner une disette de sept parties sans but quand il surprend le gardien Colin Baker avec un tir du revers précis entre les jambières. Toutefois, les visiteurs l'emportent cinq à deux et chassent même du match le gardien Dean Perron qui alloue trois buts sur six lancers dès les quatre premières minutes de jeu.

En plus de perdre la partie, les Huskies perdent aussi les services du vétéran Xavier Neveu. Victime d'une élongation musculaire à la cuisse gauche, le robuste attaquant ne sera pas en mesure de prendre part à la rencontre de dimanche face aux Voltigeurs de Drummondville. Même si Neveu est un ailier, alors qu'il est un joueur de centre, Félix espère que Richard Caisse le mute sur le deuxième trio pour cet affrontement. Ce n'est pas le cas. Cette fois, les Huskies comblent leurs partisans avec un triomphe de six à quatre et le numéro cinquante-sept récolte un point dans une deuxième partie de suite en se faisant complice d'un des rares buts du défenseur Tommy Gagné.

Félix Riopel @Rippy57

Big win vs Drummond! 6-4. Une passe. Bravo Éric Boisvert! 3 passes!

Félix ne joue pas plus régulièrement, mais ça va mieux. Il a recommencé à récolter des points et les vacances de Noël approchent à grands pas. Dans un peu plus de trois semaines, il aura la chance d'aller passer quelques jours à Louiseville. Revoir sa famille, Emma et ses amis lui fera le plus grand bien, car il se sent plutôt seul ces temps-ci.

Le week-end suivant, les Huskies quittent l'Abitibi pour disputer deux rencontres à l'étranger. C'est la cadence habituelle; une fin de semaine à domicile et l'autre loin de la maison. Cette fois, la troupe de Richard Caisse fera escale à Saguenay le vendredi soir, puis à Québec le dimanche en fin d'après-midi. Si dame Nature veut collaborer et que le temps se montre clément, sa mère et sa sœur assisteront au match qui se déroulera au Colisée, contre les Remparts.

Au Centre Georges-Vézina, les Saguenéens dominent les visiteurs, mais Perron offre sa meilleure prestation de l'année devant le filet des Huskies et ils se sauvent avec une victoire de deux à un. Le jeune Riopel ne récolte pas de point. Par contre, sans donner de raison particulière, l'entraîneur-chef a soudainement décidé de l'utiliser sur la deuxième vague de l'attaque à cinq et le joueur de première année a bien répondu à l'appel en orchestrant quelques belles pièces de jeu.

Le samedi matin, alors que l'autobus de l'équipe entre dans le parc des Laurentides en direction de Québec, Félix reçoit un message texte de sa mère qui l'informe qu'elle préfère ne pas faire le trajet jusque dans la Vieille Capitale, car on prévoit du temps froid, beaucoup de vent et peut-être même qu'on verra tomber les premiers flocons de neige de l'hiver. Heureusement que Line Bournival ne demeure pas en Abitibi ou au Saguenay, se dit-il, car la région qu'il vient de brièvement visiter est déjà recouverte de neige, à l'instar de son nouveau patelin d'adoption. Ce n'est pas encore la mi-décembre, mais l'hiver semble avoir pris possession de ces terres pourtant pas très loin au nord.

Arrivé à Québec, Félix n'a pas le goût d'aller au cinéma comme la plupart de ses coéquipiers. Il préfère demeurer seul à l'hôtel. Il a terminé ses devoirs dans l'autobus. Le temps s'écoule au ralenti et la journée lui paraît une éternité. Il déteste ces interminables moments d'attente entre deux joutes sur la route. Dommage que sa mère et sa sœur ne soient pas venues le rencontrer comme prévu. Ils auraient pu casser la croûte et passer une partie de la soirée ensemble.

> **Félix Riopel** @Rippy57
>
> C'est long une journée sans hockey. J'ai hâte à demain pour jouer au Colisée de QC.
> #NeedToPlay #LoveTheGame

Forts de cette autre victoire au Saguenay et bien reposés, les Huskies amorcent le match en lion face aux Remparts. Au milieu du premier tiers, c'est déjà deux à zéro pour les visiteurs quand Félix, de nouveau employé sporadiquement en avantage numérique, déculotte littéralement le vétéran défenseur russe de dix-neuf ans, Jakub Loktionov, en lui servant une feinte spectaculaire qu'il utilisait presque à chaque partie l'an passé quand il jouait au niveau midget AAA. Habilement, le jeune attaquant de seize ans remet ensuite à Laflamme qui lui refile aussitôt la rondelle dans l'enclave pour marquer facilement dans une cage abandonnée et ainsi atteindre le plateau des vingt points. Il s'agit assurément du plus beau but de Félix cette saison. En se dirigeant vers le banc de son équipe, incapable de se retenir, il regarde le gros Loktionov et lui offre son plus beau sourire… mais surtout, il le salue au passage de la main gauche. Furieux, le défenseur des Remparts veut lui sauter dessus, mais en bon coéquipier, Xavier Neveu, revenu au jeu, s'interpose juste à temps.

En arrivant au banc, Félix voit Richard Caisse qui s'approche calmement vers lui. Dès qu'il est assis, l'entraîneur lui donne une petite tape amicale dans le dos puis se penche pour le féliciter. Du moins, c'est ce qu'il croit.

— P'tit criss de cave, murmure doucement Caisse à l'oreille du numéro cinquante-sept tout en continuant de sourire.

— Pardon, coach?

— T'as bien compris, ajoute-t-il sans élever la voix. Les Remparts dorment depuis le début de la *game*, pis toé, la petite recrue, fallait que tu réveilles leur gros Russe à la défense. T'es chanceux que Neveu ait été proche pour te sauver. Moi, si j'avais été à sa place, je te jure que tu te serais arrangé tout seul, mon petit gars.

Heureusement pour Félix, c'est toujours trois à zéro quand les Huskies retraitent au vestiaire à la conclusion du premier tiers. Son geste n'a pas du tout réveillé les Remparts comme son entraîneur le craignait. Ça n'a quand même rien changé, car Caisse fulmine toujours et il n'a pas renvoyé le numéro cinquante-sept une seule autre fois sur la patinoire après son but. Le scénario se répète lors du second engagement alors que Félix doit se contenter de réchauffer le banc.

Finalement, au dernier vingt, avec un pointage de quatre à un en faveur des Huskies, et douze minutes à faire à la partie, le purgatoire de Félix prend fin quand il entend le coach crier à son adjoint.

— Pascal, tu peux rembarquer le *kid*, mais s'il fait encore des niaiseries, tu me feras penser que j'prends des mauvais plis en vieillissant pis que j'aurais dû le laisser sur le banc toute la *game* comme je faisais y a pas si longtemps avec les p'tits morveux de son genre !

Félix se retourne vers Caisse et il a la surprise de le voir rire de bon cœur en lui lançant un clin d'œil. Décidément, cet homme est très difficile à suivre.

— Sérieux, c't'un bipolaire, ce gars-là, se dit-il à haute voix en regardant le défenseur Justin Bishop qui se contente de hausser les épaules.

Encore stupéfait en enjambant la rampe pour sauter sur la patinoire, Félix a reçu un électrochoc très stimulant, car il ne s'attendait plus à se retrouver dans le feu de l'action ce soir. Rempli de confiance, il vient à peine de déposer la lame de ses patins sur la glace qu'il intercepte une passe en territoire défensif et décampe à deux contre un avec Raphaël Bouchard. Patient avec le disque, il se laisse glisser doucement en entrée de zone adverse et attend que le défenseur se compromette avant de remettre la rondelle directement sur la palette de son coéquipier qui vise beaucoup trop haut. Le petit numéro cinquante-sept n'a même pas le temps d'être déçu du jeu de Bouchard qui profitait pourtant d'une ouverture béante. Quand il tourne brusquement sur sa gauche pour retraiter en défensive, Félix aperçoit Guillaume Lavoie qui s'amène à sa rencontre tel un train.

En une fraction de seconde, le petit attaquant des Huskies pivote sur lui-même et évite de justesse son rival qui passe en coup de vent en l'effleurant à peine. Il aurait bien envie de lui adresser un beau sourire, mais cette fois, il se retient. La leçon a porté fruit.

De retour en territoire défensif, Félix se cha-maille avec Nicolas Laliberté qui ne cesse de lui donner de violents coups de bâton sur les mollets. Richard Caisse avait raison : piqués au vif dans leur orgueil, les joueurs des Remparts ne semblent pas du tout avoir apprécié son geste de la première période.

Pendant qu'il est occupé à se quereller avec son adversaire, Laliberté ne voit pas arriver la rondelle. Alerte, Félix la fait habilement bifurquer entre ses patins, la ramène vers son bâton et la pousse du revers contre la rampe. Quand le joueur de Québec tente de le frapper, Félix, déjà en mouvement, l'évite avec désinvolture en se penchant. Il récupère le disque pour promptement le refiler vers Milan Isner qu'il avait vu décamper en vitesse. À l'instant où il relève la tête pour voir si son coéquipier saisira la passe afin de se sauver en échappée, Félix se fait percuter de plein fouet par Loktionov qui avait quitté sa position pour venir le heurter. Cette fois, le coup est bien synchronisé.

Le choc est si violent qu'à la suite de la collision, le joueur des Huskies croule au sol, K.O. Sous la force de l'impact, il en perd ses gants et son bâton tournoie jusque dans les gradins, où l'on entend des applaudissements nourris. Le gros défenseur des Remparts patine près de l'attaquant de Rouyn, regarde sa victime inconsciente couchée sur la glace et la salue à son tour d'un signe de la main comme Félix avait fait en première période. La foule revancharde se lève d'un trait pour applaudir le défenseur russe, qui n'a même pas le temps de savourer son petit moment de gloire. Une mêlée générale éclate et Loktionov doit rendre des comptes sur-le-champ pendant que le soigneur Alain Leduc et Chico, le préposé à l'équipement, courent vers Félix qui commence lentement à reprendre ses esprits. Autour de lui, c'est la foire.

3

Une visite à l'hôpital

Quand il ouvre les yeux, Félix a comme premier réflexe de se relever pour retraiter au banc des Huskies. Il n'a été inconscient que trois ou quatre secondes, mais il n'a pas le goût et surtout pas la force d'imiter ses coéquipiers en engageant le combat avec un rival. De toute façon, tous les joueurs des Remparts qui sont sur la patinoire ont déjà trouvé un cavalier pour danser.

Quand Loktionov a percuté Félix, Murray Wilkinson n'a pas été capable de se retenir et il a immédiatement sauté sur la patinoire sans réfléchir aux conséquences de son geste. Rien n'intimide ce gaillard originaire de Terre-Neuve. Il n'a que dix-sept ans, mais il a déjà livré de furieux combats avec la plupart des durs à cuire de la LHJMQ. Le défenseur des Remparts avait à peine terminé de saluer sa victime que Wilkinson l'empoignait hardiment pour lui faire payer son geste salaud. Même le gardien Dean Perron avait quitté son filet sans hésiter pour aller assaillir son vis-à-vis, le pauvre Julien Allard qui n'avait jusque-là jamais été impliqué dans une échauffourée semblable.

Debout sur le banc des Huskies, Richard Caisse crie et gesticule en direction de Mario Péloquin, l'entraîneur-chef de Québec. Le colérique pilote des Huskies est tout simplement hors de lui. Complètement hystérique, il descend de son piédestal, ouvre la porte et pose un pied sur la glace pour montrer son poing à Péloquin. Flegmatique, ce dernier se contente de le regarder calmement en gardant les deux mains dans ses poches.

Appuyé contre Chico, Félix reprend tranquillement ses forces en regardant ce cirque. Tout lui revient très clairement ; la feinte, la passe à Isner, l'impact sournois.

— C'est quoi ton nom ? lui demande Alain Leduc.

— Ben voyons, les gars ! C'est Félix Riopel, répond-il en reprenant graduellement son souffle. Je joue pour les Huskies. On est à Québec. On joue contre les Remparts, pis j'ai le numéro cinquante-sept. Tout est beau, je suis debout là. Je suis correct. C'est vrai que je me suis fait sonner, mais c'est beau. Chico, lâche-moi, s'il te plaît. C'est correct, ajoute-t-il en élevant la voix et en repoussant le préposé à l'équipement qui cesse de le soutenir en haussant les épaules.

Lentement, Félix avance tel un automate vers son banc en se frayant un chemin au travers de ce champ de bataille parsemé de casques, de gants, de bâtons et de détritus projetés sur la glace par des spectateurs. Malgré ce qu'il vient d'affirmer au soigneur des Huskies, il est clair que Félix est dans un piteux état. La bouche en sang, le regard hagard, il patine maladroitement vers le banc de son équipe, escorté par Leduc et Chico.

La musique rock qui hurle dans les haut-parleurs se marie aux cris des partisans des Remparts pour créer une désagréable cacophonie qui résonne en écho dans son cerveau encore ébranlé par le choc. Chico guide Félix vers le corridor qui mène au vestiaire des Huskies, mais l'adolescent fait demi-tour et revient au banc de son équipe pour ne rien manquer du spectacle. Encore sonné, il a l'impression de regarder un film. Tout est un peu flou et l'action se déroule comme au ralenti.

Au travers de ce vacarme, Félix entend quand même clairement un partisan des Remparts qui l'apostrophe, debout contre la baie vitrée.

— C'est juste ça que tu méritais, mon petit baveux, crie l'homme dans la cinquantaine en exhibant un immense sourire de satisfaction. Le prochain coup, tu prendras ton trou. Quand t'es gros comme un maringouin, t'écœures pas Loktionov.

— Tu devrais pas sourire, il te manque trop de dents dans la bouche, lui répond Félix, même si hurler ainsi lui fait mal à la tête. T'es vraiment laid, *man*! Veux-tu mon protecteur buccal, au moins ça te cacherait un peu la gueule?

— Arrête de faire le coq, p'tit maudit morveux, lance un autre partisan des Remparts qui s'est amené en renfort.

— Bravo, les bedaines de bière! Ça va bien, votre affaire… Continuez de travailler à douze piastres de l'heure pis de payer pour venir me voir jouer, réplique Félix qui paraît soudain avoir repris ses esprits. Pis profitez-en parce que dans trois ou quatre ans, vous aurez même pas les moyens de vous acheter des billets pour me voir jouer dans la ligue nationale!

Dans tout ce tintamarre et cette agitation, Richard Caisse a quand même entendu la réplique de son jeune joueur.

— Hé, le *kid*! Tu trouves pas que t'as assez mis le trouble pour aujourd'hui? Sacre ton camp dans le vestiaire avec Alain pour te faire examiner, lui ordonne-t-il en le fusillant du regard.

Assis sur la table du physiothérapeute, encore en sueur, Félix commence à se sentir étourdi et à ressentir des nausées. Il n'est pas dupe. Il sait trop bien que ce sont les premiers symptômes d'une commotion cérébrale. Comme s'il avait besoin de ça...

Mais pire, son épaule droite le fait atrocement souffrir. Le plus surprenant, c'est qu'il vient tout juste de le réaliser en retirant son chandail et ses épaulettes.

— Oh... C'est pas beau ça, Félix.

— Pourquoi tu dis ça, Alain? C'est déboîté, tu penses?

— Si t'es chanceux, ton épaule est disloquée. Mais j'ai peur que ça soit pire... Genre une séparation. Je vais t'aider à ôter tes patins et on va partir pour l'hôpital, parce que ça va prendre des radiographies pour voir ce que tu as exactement.

— Pis on va faire quoi? J'veux dire, le reste du club va venir nous chercher à l'hôpital en autobus?

— Inquiète-toi pas. La foire est tellement pognée que ça va prendre une heure pour finir la *game*! Ensuite, le temps que les gars se lavent, mangent et rencontrent les journalistes, le bus va arriver à l'hôpital et on aura déjà les résultats des tests. Tu vas voir, on va passer rapidement. Et ta tête? Est-ce que ça fait mal? As-tu des étourdissements? questionne Leduc.

— J'ai un peu mal à la tête, mais rien de spécial. C'est plus mon épaule qui me fait mal et qui me semble pas normale.

Tout en aidant le jeune joueur à se déshabiller, le thérapeute des Huskies fait un signe de tête au

45

médecin des Remparts qui surveillait l'action, un peu en retrait.

— T'es certain que tu n'as pas de maux de tête?

— Certain, monsieur. C'est même pas comme une migraine. J'ai mal à la mâchoire par contre, mais y a rien de brisé, je crois.

— C'est bon ça. T'as dit que tu ne ressentais pas d'étourdissements et ça aussi c'est excellent. Et dis-moi, jeune homme, te souviens-tu de ce qui s'est déroulé sur la patinoire?

— Ben oui, votre gros tata de Russe m'a gelé en hypocrite.

— Finalement, t'as l'air ben correct! Je vais quand même demander aux ambulanciers d'aller vous conduire à l'hôpital. Comme monsieur Leduc disait, vous allez être vus en priorité. Et après avoir encaissé un coup semblable, il vaudrait mieux que tu passes un scanner. L'épaule c'est une chose, mais le cerveau c'est beaucoup plus important. Je vais faire préparer un dossier et vous déciderez là-bas si vous voulez faire les tests pour une commotion.

Une fois dans l'ambulance, Félix a la brillante idée d'avertir ses proches. Pendant la période d'échauffement, il a aperçu quelques caméras dans les gradins et les faits saillants de cette rencontre pourraient fort bien se retrouver dans les bulletins sportifs. On devrait certes y apercevoir la séquence de son superbe but… mais aussi la violente mise en échec de Jakub Loktionov à son endroit, et ça, ça risque d'inquiéter grandement sa mère et Emma.

Lorsqu'il ouvre son téléphone, le message texte de son ami Carl confirme ses appréhensions.

> J'ai vu ton but en soupant à la Cage! Ton plus beau goal ever big!

Une ambulance n'est pas le meilleur endroit pour téléphoner et de toute façon la tête de Félix veut exploser. Un texto commun à Carl, Emma et sa mère devrait suffire.

> Match de fou à QC. Win. Super but du 57! Me suis fait sonner en 3e. Cheap shot mais c'est OK.

> **Félix Riopel** @Rippy57
>
> Big win à Quebec. En route vers l'hôpital pour des tests. Cheap shot de Loktionov. J'espère qu'il va être suspendu.

Même si le médecin des Remparts avait préparé le terrain, le cas de Félix n'est pas un dossier prioritaire à l'hôpital. À leur arrivée, on indique à Alain Leduc qu'on va essayer de rencontrer le jeune blessé entre deux patients, mais il sera néanmoins impossible de pouvoir procéder à une radiographie avant deux heures. Ce délai sera encore plus long pour le scanner qui déterminera s'il est victime d'une commotion cérébrale.

À vingt heures trente, quand l'autobus des Huskies arrive, Félix n'a même pas encore vu un médecin.

Richard Caisse n'a pas l'intention de prolonger le séjour à Québec. Puisque la rencontre était présentée à seize heures, il était prévu que l'équipe rentre directement à la maison afin d'éviter de payer une nuit d'hôtel supplémentaire ainsi qu'une demi-journée de *per diem* de plus à chaque joueur. Pas besoin d'attendre, Félix n'aura qu'à passer ses examens en Abitibi, lundi matin.

Leduc ne partage pas l'avis de l'entraîneur-chef. Même si Félix déclare ne ressentir aucun mal de tête, il préfère que le jeune homme ne se tape pas environ huit heures d'autobus sans avoir procédé aux examens d'usage. Le thérapeute des Huskies en a vu d'autres et il sait pertinemment qu'un jeune hockeyeur va rarement avouer ressentir les symptômes d'une commotion. En tout cas, pas ceux qui sont hargneux comme Félix. L'homme ne le connaît pas intimement, mais il est évident pour lui que la recrue de seize ans a le profil du joueur qui irait aisément jusqu'à mentir pour ne pas se retrouver à l'infirmerie et ainsi rater des matchs. Tant qu'il n'aura pas en main un diagnostic clair, il n'autorisera pas Félix à prendre la route.

Comme il est sur le point de s'avouer vaincu et de téléphoner au directeur général Dany Lafrenière pour obtenir la permission de réserver une quinzaine de chambres à Québec, la providence frappe à la porte… ou plutôt sonne directement sur son téléphone portable.

— Salut, Rick ! C'est Gaby Gauthier de *L'Abitibi Express*, lance une voix enjouée.

— Je le sais que c'est toi. On est plus en 1980, Gaby. Tout le monde a un afficheur sur son cellulaire. Pis arrête de toujours me dire que tu travailles pour *L'Abitibi Express*. Ça fait deux ans que je te vois à chaque partie, j'pense que je commence à savoir pour qui tu travailles même si je ne lis pas les niaiseries que tu écris dans ton journal.

— Ayoye ! T'es de bonne humeur, Rick ! Je t'appelais pour savoir si t'avais des nouvelles du jeune Riopel, mais de la façon dont tu me parles, je devine que les nouvelles doivent être mauvaises.

— Ben pire… Le *kid* a même pas vu le médecin encore. On va être obligés de faire coucher toute la gang à Québec parce que les maudits Remparts ont pas de *power* pis que notre joueur doit attendre comme tout le monde à l'hôpital.

— Donc t'as aucune idée s'il a une commotion ?

— Ça serait-tu plus facile à comprendre si je t'envoyais ma réponse par courriel ? Je viens de te le dire ! Je n'ai aucune idée de ce qui arrive avec Riopel. Pis là, excuse-moi, mais faut que je raccroche. Je dois

49

appeler le boss pour avoir la permission de réserver des chambres pour les *boys*.

— Si tu t'excuses d'être bête comme tes pieds avec le meilleur journaliste de l'Abitibi, je peux régler ton problème! Imagine-toi que je finis mon texte et que je vais ensuite souper avec une belle fille dans le Vieux-Québec.

— Ben, bravo! Bonne chance, Brad Pitt, interrompt sèchement Caisse.

— Laisse-moi finir! Je couche à Québec ce soir et je peux te ramener le *kid* à Rouyn demain. Si tu t'excuses, j'irai te livrer Riopel comme une pizza!

— C'est beau... *Sorry, bad trip!*

— Pardon?

— J'ai dit: excuse-moi, Brad Pitt. As-tu de la place aussi pour Alain Leduc? D'après moi, va falloir qu'il reste ici pour prendre soin du *kid*.

— Ça va te coûter plus cher, mais ça s'arrange, conclut le dynamique journaliste sportif avant de retourner à la rédaction de son article sur le match face aux Remparts.

Richard Caisse est assez fier d'avoir résolu son problème sans même lever le petit doigt... Sauf qu'il en devra peut-être une à Gauthier, et ça, c'est une situation qu'il déteste.

Finalement, Alain Leduc et Félix quittent le centre hospitalier un peu après minuit. Heureusement, les examens révèlent des nouvelles très encourageantes. Le jeune attaquant souffre d'une légère commotion cérébrale et la douleur à l'épaule n'était que le résultat d'un nerf coincé. Si tout se déroule bien, une semaine de repos et le petit joueur de centre devrait être en mesure de reprendre l'entraînement. Dans le pire des scénarios, il ne louperait donc que deux ou trois parties.

> **Félix Riopel** @Rippy57
>
> Sors tout juste de l'hôpital. 6 h d'attente pour une légère commotion. Bravo Loktionov. #CheapShot

Comme prévu, à neuf heures pile, le journaliste Gabriel Gauthier se présente au rendez-vous pour cueillir le jeune joueur des Huskies et le thérapeute de l'équipe. Son arrivée sert de prétexte à Félix pour mettre un terme à une interminable discussion avec sa mère, morte d'inquiétude à l'autre bout du fil.

Pour une rare fois, le hockeyeur garde ses commentaires pour lui, mais son visage trahit sa pensée lorsqu'il aperçoit le représentant du journal *L'Abitibi Express* arriver à l'hôtel avec sa vieille bagnole. Il a très peu dormi, il a mal à la tête et il aurait souhaité une balade dans une voiture plus confortable vers Rouyn-Noranda.

— Dis pas un mot sur mon auto, Félix, lance Gauthier en guise de bonjour. Déjà que j'ai failli pas venir vous chercher.

— Pourquoi tu dis ça? demande Leduc, tout étonné par la remarque du journaliste.

— Pourquoi je dis ça ? Parce que si tous les joueurs juniors faisaient comme votre petit jeune, les patrons ne nous enverraient même plus couvrir les matchs sur la route, répond Gauthier sur un ton qui indique clairement qu'il ne plaisantait pas.

— Excusez… mais là, je ne comprends pas du tout de quoi vous parlez, réplique Félix en déposant sa valise dans le coffre arrière.

— Y a pas juste le *kid* qui comprend pas ! De quoi tu parles à matin, Gabriel ? poursuit Leduc en plissant les yeux.

— Qu'est-ce que t'as fait, Félix, hier en sortant de l'hôpital ? demande Gauthier.

— Rien. Je suis venu à l'hôtel en taxi avec Alain.

— Ah ouin… T'as rien fait ! Pis t'as rien mis sur Twitter en sortant de l'hôpital ?

— Oui. J'ai twitté que j'avais une légère commotion cérébrale. J'avais reçu un paquet de tweets qui me demandaient comment ça allait. J'ai rien fait de pas correct.

— Ben sais-tu quoi ? T'as pas d'affaire à faire ça, mon petit bonhomme. Ce genre d'informations là, tu mets pas ça sur Twitter. Tu gardes ça pour les journalistes qui couvrent les Huskies… Surtout ceux qui dépannent le club en te ramenant à Rouyn.

— Désolé, mais j'avais jamais pensé à ça. Je peux vous dire que j'ai rien à l'épaule, ajoute Félix tout aussi surpris que confus.

— Méchante grosse nouvelle ça ! Félix Riopel n'a rien à l'épaule ! Écoute-moi bien, je te pardonne vu que t'es un *kid* de seize ans. Par contre, comprends que tu m'en dois une, poursuit Gauthier qui sourit pour la première fois tout en lançant un clin d'œil à Leduc, qui se demande s'il est vraiment sérieux ou s'il se paye la tête du jeune Riopel.

— Écoute-le pas, Félix ! Reste que Gabriel a raison sur un point. T'avais pas d'affaire à mettre une information comme ça sur Twitter. Les blessures de nos joueurs, c'est de la régie interne et ça ne concerne pas la planète, explique Leduc qui ne semble pas du tout compatir avec lui. Je ne pense pas que le coach et le DG vont apprécier. C'est trop tard là, mais va quand même effacer ça, s'il te plaît.

Dans un vieux tacot, avec un journaliste contrarié et un thérapeute légèrement frustré, Félix n'a pas réellement le goût de jaser. Calé sur la banquette arrière, il ronge son frein en regardant les paysages monotones qui défilent sur l'autoroute 40 entre Québec et Trois-Rivières. Perdu dans ses pensées, il écoute du Jack Johnson… Mais pas trop fort, car chaque battement de cœur vient résonner dans sa tête qui le fait encore souffrir. Son téléphone vibre, ça le ramène sur terre.

> Babe t'es tu correct ? Jm'inquiète bcp.

Oui tout est beau. Sauf que j'aurais pas dû twitter que j'avais une commotion.

Ça change quoi?

Sont frus. Chus p-etre ds merde.

Franchement. T où là?

Qpart entre QC et 3-R.

Arrête dîner à Louiseville…please. Jtm xx Jvx te voir. ☺

Jpx pas, on va direct à Rouyn.

Ben faut que tu manges. Au pire, arrêtez au AW sul bord dla 40.

Non. Oublie ça. Sorry.

Tu vx pas me voir?

Come on. Dis pas de niaiseries.

C pas des niaiseries. T'as juste à dire que t'as faim rendu proche du AW. Dis que tu vx pisser d'abord.

Avec mon tweet, c'est pas le temps de niaiser. Jvx pas me faire pogner au AW.

Faire pogner de quoi???

Avec toi. En plus, chus pas l'fun. J'ai mal à tête.

OK. C correct. Fais encore comme tu vx. C tjrs pareil anyway.

Correct ou pas. Tu vx pas comprendre.

Jcomprends plus que tu penses. Laisse faire. ☹K bye.

Une mésentente avec son amoureuse, c'est bien tout ce qu'il manquait à Félix en ce lundi matin. Heureusement, les vacances de Noël approchent et un petit séjour de trois ou quatre jours à Louiseville sera salutaire, autant pour son couple que pour sa santé mentale. Si seulement on pouvait avancer dans le temps et déjà être le vingt-deux décembre. Du coup, il retrouverait sa belle Emma, sa mère Line, son espiègle sœur Véronique et son meilleur ami Carl. En plus, il profiterait d'un repos suffisant pour revenir au jeu sans avoir raté une seule partie. Mais à bien y penser, est-ce qu'une semaine sera assez longue pour qu'il puisse se rétablir? Le petit échange de messages texte avec Emma a été pénible. En plus de son mal de tête, une désagréable nausée le prend par surprise. C'est un peu pour ça aussi qu'il a été expéditif à la fin.

Sentant une bouffée de chaleur l'envahir soudainement, Félix baisse la fenêtre. L'air frais de la campagne n'a pas l'effet anticipé. Pendant qu'il prend de profondes inspirations, il se rappelle tout ce qu'il a lu et entendu sur les joueurs de la LNH quand ils parlaient de commotions cérébrales. Le coup que lui a asséné Loktionov a possiblement fait plus de ravages qu'il ne le croyait. Toutefois, c'est impératif qu'il ne demeure pas au rancart pour un trop long laps de temps. Ça serait le pire moment de la saison pour ça, car pendant la période des fêtes, Marc-Olivier Laflamme et Milan Isner risquent de disparaître temporairement pour participer au Championnat du monde junior. En leur absence, Félix devrait certainement profiter de plus de temps de jeu et Richard Caisse n'aura probablement d'autre choix que de l'utiliser sur la première vague de l'attaque à cinq.

C'est peut-être l'amalgame de toutes ces choses qui le rend si mal actuellement. En plus du choc, la nuit de sommeil a été très courte. Il a chaud, Emma n'est pas contente et c'est sans doute normal d'avoir la nausée en écrivant des textos dans une bagnole en mauvais état qui sautille sur la route. Demain matin, tout sera sûrement rentré dans l'ordre lorsqu'il se réveillera à sa pension et que Ginette Casault lui préparera un succulent petit-déjeuner !

— Gabriel ? Me semble que votre auto fait de drôles de bruits. On dirait qu'on roule sur du gravier, dit Félix par inquiétude, mais aussi pour rompre un long silence.

— Ouin… c'est l'alignement. Faudrait que je m'en occupe. Inquiète-toi pas, le *kid*, répond Gauthier. Cette auto-là a vu du pays et elle est très fiable. Je ne veux pas la vendre. D'ailleurs, je pense que le Temple de la renommée du hockey va la vouloir quand je prendrai ma retraite, poursuit-il le plus sérieusement du monde.

— Elle est bonne, celle-là ! Qu'est-ce que t'en penses, Alain ? réplique Félix en rigolant.

— Dérange-le pas. Il dort depuis Sainte-Anne-de-la-Pérade.

— Ça ne paraît pas d'en arrière. Au moins, il ronfle pas !

— Et moi qui pensais avoir de la compagnie en vous ramenant. On peut pas dire que vous êtes deux gars jasants! J'espère que c'est pas trop grave, ton affaire, Félix, parce que ça commençait à bien aller ton hockey, ajoute Gauthier pour que la conversation ne s'arrête pas là. Tu commences à t'habituer à la ligue et ça paraît.

— Merci. Mais c'est pas ça le problème. C'est juste que le coach a commencé à me faire confiance. J'ai beau provoquer des choses à chaque présence, il s'entête à faire jouer des gars comme Archambault, Bouchard, Labelle et Lecours qui ont de la misère à marquer dans un filet désert. Ces gars-là ont pas d'affaire sur un trio offensif et encore moins sur le *power play*. On gagne des *games*, mais pas à cause de l'attaque. Une chance que Perron *goale* sur la tête depuis le début de l'année.

— T'as pas l'air à l'aimer, le gros Caisse?

— Bof... Pourquoi je l'aimerais? Hier après mon but, il m'a fait poireauter sur le banc pendant toute une période, ajoute Félix sans prendre la peine d'expliquer pourquoi l'entraîneur avait agi ainsi. Sérieux, tu passerais pour un génie en écrivant que je devrais jouer plus souvent! Je peux te dire «tu»?

— Ben oui! Y a pas un seul autre joueur qui me vouvoie. Mais pour revenir à ton histoire avec Caisse, il a sans doute ses raisons. Oublie pas que t'as juste seize ans.

— C'est quoi qui compte? L'âge ou le talent? *Anyway*, on pourrait en parler jusqu'à Rouyn, ça ne changera rien au fait que Caisse ne m'aime pas.

— Dis pas ça, Félix, s'il ne t'aimait pas, il ne t'aurait pas pris sur son club. Caisse fait jamais de cadeaux à ceux qui ne le méritent pas.

— Je ne veux pas de cadeaux. Je mérite de jouer plus souvent, tout simplement.

Malgré le petit accrochage concernant l'envoi sur Twitter, Gabriel Gauthier semble bien sympathique finalement. Reste que ce n'est pas au cours de cette inconfortable randonnée que Félix trouvera un véritable allié pour maugréer contre Richard Caisse.

Le trio vient de passer Trois-Rivières. Alain Leduc dort encore. Regarder des messages sur son téléphone donne mal au cœur à Félix. Mieux vaut fermer les yeux et essayer de dormir pour ne pas être réveillé dans une demi-heure quand ils passeront à la hauteur de Louiseville.

4

Retour à Louiseville

Le retour à Rouyn-Noranda ne provoque pas la guérison miraculeuse que Félix souhaitait. Inquiète pour son jeune pensionnaire, Ginette Casault lui prépare une savoureuse omelette pour le petit-déjeuner le lendemain matin, mais il n'en avale que quelques bouchées.

Félix n'a pas faim. Il a encore très mal à la tête. Retourner s'étendre dans son lit serait la chose la plus intelligente à faire, mais il doit aller à l'école. À deux semaines du congé des fêtes, et avec tous les examens de fin de session qui sont au programme, ce n'est pas le moment le mieux choisi pour s'absenter de ses cours.

Installé à son pupitre près de la fenêtre qui donne sur le stationnement de la polyvalente, Félix regarde dehors. Physiquement, il assiste à un cours de géographie. Mentalement, son esprit est à Louiseville.

Son patelin lui manque terriblement et en plus, il est incapable de se concentrer. Les explications de monsieur Corbin se perdent en résonnant aux quatre coins de la classe sans venir choir dans ses oreilles. En fait, c'est comme si les phrases du sympathique professeur chauve se mélangeaient en sortant de sa bouche et que Félix devait décrypter tout ça et remettre les mots dans le bon ordre.

De toute évidence, le diagnostic du médecin est erroné. Il ne souffre probablement pas d'une légère commotion cérébrale, mais plutôt d'une sévère commotion cérébrale. Et si jamais le docteur avait raison, il ne veut surtout pas savoir ce que c'est que de vivre avec les séquelles d'une sévère commotion. Il commence même à se dire que la meilleure chose à faire serait sans doute d'avouer à Alain Leduc qu'il se sent encore très mal presque quarante-huit heures après le choc. Si seulement les cours défilaient rapidement, il pourrait enfin aller à l'aréna.

Félix est un des premiers joueurs à se pointer dans le vestiaire. Même s'il sait qu'il ne chaussera pas les patins aujourd'hui et qu'il ne visitera pas le gymnase pour s'entraîner, il retire ses vêtements pour enfiler espadrilles, shorts et t-shirt des Huskies. C'est un rituel.

Les quelques joueurs déjà arrivés sont à la fois heureux et surpris de le revoir dans le vestiaire de l'équipe.

— T'es correct, Rippy, finalement ! On pensait que t'aurais une couple de morceaux de déplacés… Comme Monsieur Patate, rigole Raphaël Bouchard.

— Je pense que j'ai été chanceux ! Mais reste que je ne devrais pas jouer cette semaine parce que j'ai eu une petite commotion cérébrale, explique la recrue.

— Bof… on est mardi pis la prochaine *game* est juste en fin de semaine. Si t'as plus mal à la tête, empêche-toi pas de jouer. J'en ai eu des commotions pis c'est pas si pire que ça. On dirait que tout le monde exagère depuis une couple d'années, poursuit Bouchard. Dans le fond, c'est quoi les chances que tu te fasses encore pincer la tête basse comme dimanche à Québec ?

— Ouin… Je ne sais pas. Faut que j'en parle avec Leduc.

— Mais aujourd'hui, tu te sens comment ? interroge le défenseur William Rousseau.

— Pour être honnête, j'ai mal à la tête en maudit, avoue Félix. Je dirais même que c'était moins pire hier et ça, c'est décourageant.

Le vétéran défenseur de vingt ans lui fait signe et l'emmène à l'écart. Rousseau ne va plus à l'école, alors ce n'est pas surprenant de le voir à l'aréna plus de deux heures avant l'entraînement. Victime de trois commotions depuis le début de sa carrière, il comprend mieux que quiconque ce que son jeune coéquipier vit à l'heure actuelle. D'ailleurs, dans son cas, le prochain coup violent à la tête pourrait même signifier une retraite prématurée du hockey. Et il ne faut surtout pas que ça se produise.

Déjà père d'une fillette de six mois, Rousseau vit en appartement avec sa copine Émilie, une fille qu'il avait rencontrée à Baie-Comeau quand il jouait pour le Drakkar à dix-sept ans. Ensemble, ils se débrouillent assez bien pour le moment, sauf qu'en dehors du hockey, William n'a pas de sortie de secours. Son agent aurait pu lui trouver un emploi en Europe dès cette année, mais avec la venue de la petite, il a préféré demeurer en Abitibi. Comme les Huskies tenaient vraiment à le garder, ils lui ont présenté une offre plus qu'intéressante, et à la fin de chaque mois, il réussit même à mettre un peu d'argent de côté. Conclure sa carrière junior avec la possibilité de soulever la Coupe Memorial a aussi pesé dans la balance pour celui que ses coéquipiers surnomment *Daddy.*

Mais s'il est victime d'une autre commotion cérébrale, que se passera-t-il? Il pourrait retourner chez lui en Beauce et s'y installer avec sa petite famille, mais pour y faire quoi?

S'il doit lâcher le hockey ou si le hockey l'abandonne plus tôt que prévu, son plan B c'est peut-être de rester en Abitibi et de travailler dans les mines. Ce n'est pas encore définitif, mais s'il n'a pas d'offres sur la table l'automne prochain, il s'inscrira probablement au Centre de formation professionnelle de Val-d'Or, où il pourrait obtenir en seulement cinq mois un diplôme d'études professionnelles en forage au diamant. S'il a amassé suffisamment d'argent, il optera peut-être pour le cours en extraction de minerai qui se donne sur une période de huit mois. De toute façon, dans un cas comme dans l'autre, ce ne sont pas les perspectives d'emploi qui manquent dans ce domaine et les salaires sont bons.

En lui racontant tout ça, William explique aussi à Félix qu'il ne doit pas prendre cet incident à la légère. Revenir au jeu trop rapidement risque de le rendre vulnérable et ça hypothéquerait sa carrière autant à court terme qu'à long terme. Le mieux, selon lui, c'est de ne rien cacher à Alain Leduc et aux médecins qui vont le suivre et de prendre le temps de bien guérir, même si c'est très difficile de regarder les autres jouer et avoir du succès.

— Quand le club gagne, tu te dis que si tu jouais, tu paraîtrais bien toi aussi et que tu ramasserais sans doute des points à chaque *game*, explique Rousseau. Pis quand le club va mal, tu te dis que si tu étais là, tu aiderais le club à gagner. C'est *tough* en maudit d'être blessé pour une longue période. Oublie pas que t'es le seul à savoir comment tu te sens. La tête, c'est pas comme un genou ou une cheville. La seule chose que je peux vraiment te dire, c'est de ne surtout pas niaiser avec ça.

— Riopel! Viens me voir dans mon bureau! vocifère Richard Caisse.

— D'après moi, il va essayer de te faire jouer pareil. Écoute-le pas, Félix. Prends le temps que ça prend pour bien guérir. T'as juste seize ans, il t'en reste en masse du temps pour te faire valoir, le *kid*.

Même si c'est clair que l'entraîneur-chef veut s'enquérir de son état de santé, dans les circonstances, il aurait pu se montrer un peu plus courtois. Quand il entre dans le petit local, le numéro cinquante-sept constate toutefois rapidement que son état de santé n'est malheureusement pas la principale préoccupation du pilote des Huskies.

— Salut, coach!

— Ferme la porte et assois-toi, répond Caisse sans même prendre la peine de lui rendre la politesse. Comme ça, t'es pas heureux à Rouyn? interroge l'entraîneur.

— Ben oui, je suis heureux à Rouyn!

— C'est pas ça que t'as raconté à Gaby Gauthier hier dans son char, ajoute-t-il calmement.

— C'est pas ça que j'ai dit. J'ai dit que c'était platte que je me blesse à ce moment-ci parce que le coach commençait à me faire confiance, tente de se justifier Félix.

— Pis t'es pas allé te plaindre que je ne t'aimais pas la face?

— Ben… j'ai pas dit ça de même.

— Quoi? T'es pas mal moins jasant qu'hier, on dirait? Oui ou non, t'es allé ouvrir ta grande gueule à un journaliste en lui disant que tu devrais jouer plus souvent?

— On parlait de même. Je ne pensais pas qu'il viendrait vous voir pour vous dire ça. C'est juste des niaiseries. Je lui ai dit que je ne comprenais pas pourquoi j'étais pas sur un trio offensif. C'est juste ça l'affaire, réplique Félix avec franchise.

— C'est juste ça l'affaire… répète Caisse. Pis si Gauthier avait écrit un article sur ça en mettant le nom des gars que t'as plantés? Penses-tu que tu serais dans le trouble aujourd'hui? Moi je pense que oui!

— Ben là… ça aurait été méchant en maudit de faire ça.

— T'es chanceux, le *kid*. C'est à Gauthier que t'as dit ça. Une chance que t'es pas allé t'ouvrir la trappe à un journaliste de Montréal comme Louis-Philippe Séguin. Penses-tu que les clubs aiment ça, les bébés braillards qui passent leur temps à aller pleurnicher auprès des journalistes?

— Ouin… se contente de murmurer Félix à court d'arguments.

— Si j'avais pas croisé Gauthier à la Caisse populaire sur l'heure du lunch, qu'est-ce qui te dit qu'il aurait pas déballé toute ton histoire demain matin dans *L'Abitibi Express*? Une chance que je l'ai vu pis qu'il voulait ma version, sinon ton nom faisait le tour de la ligue. Ça part bien une carrière, ça! Là j'ai un *deal* avec lui. Il m'a juré de ne rien écrire sauf que je lui en dois une… encore. Pis j'haïs ça être en dette. Surtout envers les maudits journalistes.

— Désolé, coach. J'avais pas de mauvaises intentions pis j'avais jamais pensé que Gauthier pourrait écrire quelque chose sur ce qu'on racontait dans son auto. Je lui faisais confiance.

— Au lieu de chialer, le prochain coup, essaie de prendre du recul, pour le fun. Sacrement, t'es le seul *kid* de seize ans dans le club, explique Caisse en levant le ton pour la première fois. Regarde ailleurs dans la ligue pour voir si les petits bébés de seize ans jouent énormément… Pis regarde même les clubs de fond de classement qui sont en reconstruction. Je suis très déçu, Félix. Pis y a aucune chance que tu joues plus souvent: on travaille sur une transaction pour aller chercher un joueur européen à Noël pour remplacer Matejovsky qui est resté à Washington, enchaîne Caisse qui est loin d'avoir terminé son monologue. Je m'en sacre tellement que tu me plantes auprès de Gauthier! Mais je n'accepte pas que tu dénigres tes coéquipiers comme tu l'as fait. Je ne veux même plus que tu le penses. Les Huskies, c'est une famille. Ta petite attitude égoïste n'a pas sa place ici avec nous. Maudit… T'as seize ans pis on dirait que tout t'est dû. T'aurais dit quoi aux *boys* dans le vestiaire si

Gauthier avait écrit son texte en mettant les noms des gars qui selon toi ne sont pas assez bons pour jouer sur un trio offensif? Penses-tu que Wilkinson pis Neveu auraient encore eu le goût de te défendre après ça? Pis nous autres, les Huskies, on aurait géré ça comment qu'un petit bébé de seize ans me plante publiquement? Qui penses-tu aurait payé le prix? Sûrement pas moi.

— Excusez-moi, coach. C'est clair que vous avez raison, bredouille Félix en retenant ses larmes.

— Là je vais t'expliquer ce qu'on va faire maintenant. Y a Gauthier, mon *boss*, Dany Lafrenière, toi et moi qui sommes au courant de ton histoire. Y a pas un chat qui va le savoir. Sauf que pour moi, ça ne peut pas en rester là. Je vais quitter mon bureau et je te donne dix minutes pour réfléchir à ton affaire. Quand je vais revenir, tu auras deux options. Soit tu décides d'arrêter de pleurer pis tu restes avec nous, soit tu retournes chez toi à Louiseville. Si tu choisis les Huskies, je ne veux plus avoir affaire à toi une seule autre petite fois. Tu fermes ta gueule, tu souris, tu travailles fort, tu acceptes ton sort, tu te défonces pour le club et tu remercies la vie chaque jour d'être un membre des Huskies. Si t'es pas d'accord avec ça, je vais dire aux journalistes que ta commotion est beaucoup plus grave que prévu et on va te retourner chez toi jusqu'à la fin de la saison pour que tu prennes le temps de bien guérir. Penses-y comme il faut, le *kid*. Je reviens dans dix minutes exactement, conclut Ricard Caisse en claquant la porte.

Assommé, Félix ne ressent même plus la migraine persistante qui l'accablait depuis deux jours. Et maintenant qu'il se retrouve seul avec lui-même, il ne peut contenir ses larmes. Assis sur le bout de sa chaise, les coudes sur les genoux, il se tient la tête à deux mains et éclate en sanglots. Même si, depuis son arrivée à Rouyn-Noranda, tout le monde se montre gentil à son endroit, il a le goût de tout balancer et de retourner chez lui en Mauricie. Mais ça ne serait pas la solution. En fait, ça serait même un échec. Une véritable honte.

Félix n'a pas besoin de réfléchir dix minutes avant de trouver une réponse. Même s'il a le mal du pays à l'approche des fêtes, il est hors de question qu'il quitte les Huskies pour le reste de la saison. Il n'est pas à cent pour cent d'accord avec son entraîneur, mais il va lui donner entièrement raison et il va essayer de tout mettre en œuvre pour ne plus devenir une distraction. Félix sait qu'il est en train de prouver que, malgré son âge et son physique peu imposant, il a le potentiel pour devenir un rouage important d'un club de la LHJMQ. Il vient aussi de comprendre qu'il ne peut faire confiance à personne… Surtout pas à Gabriel Gauthier! Quel traître! Un jour – peut-être pas cette année ni même l'an prochain –, il finira par se venger. Mais dans la situation actuelle, ce n'est certainement pas le temps de faire des vagues.

Dans quatre minutes, Richard Caisse sera de retour. Ce qui lui laisse juste assez de temps pour s'essuyer les yeux et reprendre ses esprits. Il faut impérativement qu'il renverse cette situation négative en rencontre constructive pour éviter que l'entraîneur garde une mauvaise opinion de lui.

Quand la porte s'ouvre, Félix se lève d'un trait. L'adolescent qui marmonnait de façon hésitante a disparu. Le jeune fonceur est réapparu. C'est sa méthode d'autodéfense et ça a toujours fonctionné auparavant, alors il est persuadé qu'il va encore s'en sortir en agissant ainsi. Il ne donne même pas le temps à Caisse de prendre la parole.

— Je reste ici, coach. C'est clair qu'aujourd'hui, j'ai eu droit à une belle leçon de vie. Je persiste à croire que je serais plus utile qu'Archambault ou Lecours pour scorer et préparer des buts sur la deuxième ligne. Je pense aussi que je mériterais de jouer plus souvent, mais j'ai pas de contrôle sur ça. Je vais me concentrer sur ce que je contrôle et fermer ma boîte pour le reste. Pire que de perdre mon poste, j'aurais perdu le respect de mes coéquipiers si Gauthier avait écrit son reportage. En sortant du bureau, je vais aller voir les gars et m'excuser de ce que j'ai dit dans leur dos. Aussi, c'est clair que j'aimerais ça jouer plus, mais je n'ai pas le droit de me plaindre avec tout ce que les Huskies font pour moi. Je vous demande de m'excuser, s'il vous plaît.

— Laisse faire les excuses… Autant pour moi que pour tes coéquipiers. Ça ne donnerait rien d'aller leur parler de ça. J'apprécie que tu sois prêt à le faire, mais ça ferait juste mettre la chicane. Ce qui est grave, c'est que tu te sois ouvert la trappe à un journaliste. Ferme ta gueule, prends ton trou, évite les journalistes pis remercie le petit Jésus que tu ne m'aies pas connu y a six ou sept ans… Dans le temps où je me fâchais en fou pour des affaires pas mal moins graves que ça. Allez, l'histoire est oubliée… Mais t'as zéro marge de manœuvre maintenant.

En quittant le bureau de l'entraîneur, Félix se dirige sans perdre de temps vers l'infirmerie. Non seulement ses violents maux de tête ont-ils réapparu, mais la rencontre avec l'entraîneur et les conseils de William Rousseau l'ont convaincu de ne pas faire de cachotteries.

Alain Leduc lui explique qu'il est beaucoup trop tôt pour s'alarmer. Parfois, même pour une légère commotion, il est possible que les maux de tête persistent quelques jours. Il sera réévalué lundi prochain et on aura peut-être une meilleure idée à ce moment. Mais il ne sera pas en mesure de prendre part aux deux parties à l'horaire au cours du week-end. Et même s'il se sent mieux dans une semaine, il serait plus approprié selon lui d'attendre et de laisser passer le congé des fêtes. Le thérapeute va aviser le coach, contacter sa mère et madame Casault puis lui signer un billet s'il doit sortir d'un de ses cours d'ici à ce qu'il soit rétabli.

Soulagé, Félix sent une tonne de pression disparaître. Avec un peu de chance, Leduc aura vu juste et il ne ratera qu'une demi-douzaine de parties… À moins que Caisse lui garde rancœur à son retour.

Appuyé contre la baie vitrée, les pieds sur le banc des Huskies, Félix regarde ses coéquipiers s'entraîner. L'air frais de l'aréna Iamgold a soudainement des effets thérapeutiques. Les explications de Leduc, les conseils de Rousseau ainsi que l'étonnante clémence de Richard Caisse l'ont également amené à se retrouver dans un meilleur état d'esprit. C'est peut-être aussi parce que la conversation surprise avec son entraîneur lui a fait comprendre à quel point il était privilégié de se retrouver dans cette position à seize ans alors que la grande majorité des hockeyeurs de son âge jouent midget AAA, en rêvant à la LHJMQ.

Sans bouger, Félix passe la totalité de l'entraînement à discuter de choses et d'autres avec Alain et Chico. Sur la patinoire, les gars s'amusent. À la fin, Raphaël Bouchard, qui n'en rate jamais une, frappe Joey MacIntosh de dos. Quand ce dernier chute en se demandant ce qui se passe, Bouchard le salue de belle façon pour imiter le geste fait par Félix à Québec. MacIntosh jette les gants et un combat amical s'ensuit. Comme ce fut le cas au Colisée, Wilkinson saute dans le tas en riant et la moitié de l'équipe l'imite.

Accoté contre la rampe, près du banc des punitions, Richard Caisse regarde la scène en rigolant avec ses adjoints Pascal Milette, Sébastien Mailhot et Éric Renaud.

— C'est de ça que ça avait l'air dimanche soir à Québec ? interroge le journaliste Christian Laperrière d'une voix allègre.

— Genre… Ajoute par contre un peu de sang pis dix mille morons qui crient à tue-tête, répond Milette en éclatant de rire.

— J'en reviens pas que j'aie manqué ça, ajoute le représentant du journal *La Frontière*. Riopel s'entraîne pas ? Il est encore blessé ? demande-t-il.

— Rien de sérieux. Le *kid* a une petite commotion, répond Caisse. T'as juste à aller le voir, il est au banc en train de rire de ses chums qui se bataillent ! Je vais t'avouer qu'il s'est fait sonner comme j'ai rarement vu ! Mais il avait couru après… Je pense que notre recrue a eu une bonne leçon.

Laperrière griffonne quelques notes et part rencontrer le jeune éclopé. Félix aurait bien aimé tomber sur Gauthier, mais ce dernier vient d'aller rejoindre les entraîneurs à son tour. Dans le fond, c'est peut-être mieux ainsi!

— Salut, Félix! Richard vient de me dire que t'as une petite commotion? interroge le journaliste en grignotant le bout de son stylo.

— Ouais. C'est vraiment pas un bon timing. Je commençais à bien me sentir et puis est arrivé ce maudit *cheap shot*.

— Comment tu te sens aujourd'hui?

— J'ai encore une bonne migraine. Alain m'a dit que c'était normal. D'après lui, je devrais être correct pour revenir au jeu après les vacances de Noël. Ça me donnerait trois semaines pour me rétablir. Au début, je ne pensais rater que les deux parties qui s'en viennent ce week-end, mais ça va être un peu plus long. Excusez-moi, faut que j'y aille parce que j'ai des devoirs à terminer, conclut abruptement Félix en voyant Gauthier s'approcher.

Laperrière est le seul à qui il aura eu le temps de se confier. En se dépêchant, il pourra éviter Gauthier et ce dernier ne saura peut-être pas qu'il va finalement manquer trois semaines plutôt qu'une seule comme prévu, car Caisse ne lui a certainement pas souligné ce détail et Leduc est occupé à soigner les petits bobos des autres gars. Si Laperrière ne partage pas la nouvelle, il aura une petite primeur! Et si jamais le journaliste de *L'Abitibi Express* veut revenir sur le sujet, Félix pourra lui dire qu'il était disponible derrière le banc des Huskies et qu'il ne l'a jamais vu à l'entraînement.

Ce n'est certes pas la vengeance qu'il souhaite, or Félix considère que c'est un premier pas vers un règlement de compte satisfaisant. Sans même savoir pourquoi, Laperrière va probablement hériter de plusieurs informations exclusives si Félix demeure longtemps à Rouyn-Noranda. Sans compter qu'il se promet de dire à ses coéquipiers de se méfier de Gauthier... Peut-être pas cette saison comme petit nouveau, mais d'ici deux ou trois ans. Il se dit qu'éventuellement, il en mènera large dans ce vestiaire et au bout du compte, c'est lui qui gagnera cette guerre secrète avec le vilain journaliste.

La recrue des Huskies n'a rien inventé. Elle ne fait qu'appliquer ce que son père lui a répété à maintes reprises. Félix n'a jamais su si André était sérieux ou s'il blaguait quand occasionnellement il lui disait : « Dans la vie, ça donne quoi d'avoir de la mémoire, si t'es pas rancunier ? » En repensant à tout ça alors qu'il s'habille en vitesse pour retourner à sa pension, il se dit que son défunt père était un grand philosophe !

Même s'il y a peu de distance entre le domicile des Huskies et la résidence de la famille Casault, Félix est frigorifié lorsqu'il met les pieds dans sa pension. La chaleur apaisante et l'agréable odeur du poêle à bois se marient à la senteur de la lasagne qui chauffe au four. Ce parfum familier et réconfortant lui rappelle instantanément Louiseville.

Ginette Casault, qui semble lire dans l'esprit de ses jeunes pensionnaires, a décoré une partie de la maison pendant la journée. Il ne manque que le sapin et les lumières extérieures. Généralement, un scénario semblable aurait rendu Félix assez nostalgique. Pas cette fois. Après son entretien avec le thérapeute Leduc, il a calculé que le vingt-deux décembre, soit dans exactement dix jours, il prendra l'autobus pour retourner passer presque une semaine entière à la maison. Dix jours, ça file vite, même en ne chaussant pas les patins.

Comme il le fait toujours en revenant de l'aréna, Félix se réfugie dans sa chambre du sous-sol en attendant le souper. Parfois, il dort un peu. En d'autres occasions, il sort son ordinateur portable et regarde ce qui se passe ailleurs dans la LHJMQ ou dans la ligue midget AAA. Sinon, il regarde la télé ou joue au Xbox. À l'exception de Carl avec qui il communique chaque jour, il n'échange que très occasionnellement avec sa famille et ses amis de la Mauricie. N'en déplaise à sa mère Line et à son amoureuse Emma, Félix préfère garder le minimum de contact. C'est d'ailleurs devenu une situation conflictuelle avec les deux femmes de sa vie, qui ne comprennent pas du tout pourquoi il se referme ainsi. Il leur a pourtant expliqué à de nombreuses reprises que sa vie en Abitibi est beaucoup plus facile quand il ne pense pas à l'existence qu'il a laissée derrière lui à Louiseville. Félix leur envoie des messages texte presque chaque jour, mais apparemment ce n'est pas suffisant pour elles... C'est bien le seul point sur lequel elles s'entendent parfaitement!

Ça fait déjà plus d'une semaine qu'il ne leur a pas parlé. Il va donc profiter des minutes qui lui restent avant le souper pour téléphoner à sa belle Emma. Après le repas, sa mère sera revenue du boulot et s'il n'a pas trop mal à la tête, il lui lâchera un coup de fil à elle aussi.

5

Les vacances de Noël

L'hiver frappe tôt en Abitibi. Félix s'y attendait et il avait été prévenu. Il y a déjà passablement de neige à Rouyn-Noranda, ce qui aide les gens à s'imprégner de l'esprit des fêtes plus tôt que dans la plupart des autres régions du Québec.

À une semaine de Noël, l'ambiance est déjà très festive au sein de l'équipe, d'autant plus que les Huskies ont remporté leurs deux matchs du week-end.

Pour sa part, Félix commence à se sentir mieux. Il n'est pas encore autorisé à fournir un effort physique, mais les maux de tête sont vraiment moins douloureux et moins persistants. L'idée de retourner bientôt à la maison le réjouit grandement et il réalise aussi que sa stratégie de couper les ponts avec son entourage n'était peut-être pas sa meilleure idée. Converser souvent avec Emma lui a fait le plus grand bien ces derniers jours. Hier, les tourtereaux ont jasé pendant plus de trois heures au téléphone. Il a tellement de choses à lui raconter! Pour se concentrer sur le hockey, il l'avait un peu mise de côté et il le regrette aujourd'hui. Sous la gouverne d'un dictateur comme Richard Caisse, il ne réalisait pas qu'il n'était pas le seul au monde à vivre sa part d'ennuis. Emma est à couteaux tirés avec ses parents, ça ne va pas très bien à l'école, son groupe de musique n'a aucun engagement à l'horaire et son prince charmant lui manque terriblement.

Les nouvelles sont meilleures du côté de sa mère. Avec le départ de Félix pour Rouyn-Noranda, ses finances se portent mieux et son emploi du temps aussi puisqu'elle n'a plus à se déplacer pour les entraînements et les parties de hockey de fiston. Elle a même enfin réussi à se trouver du temps libre pour des loisirs, ce qui était carrément impensable il n'y a même pas six mois. Chaque jeudi, elle joue dorénavant aux quilles dans la ligue de son amie Chantal au Quillorama de Louiseville et elle songe même à se joindre à une autre ligue de quilleurs le dimanche matin!

Malgré l'amour qu'il ressent pour sa mère et sa copine, c'est Carl qui lui manque le plus. Même si les deux amis se sont parlé régulièrement, ils ont vraiment hâte de se retrouver. Carl et son père avaient planifié de venir passer le prochain week-end à Rouyn-Noranda. Ils auraient fait d'une pierre deux coups en assistant aux deux parties des Huskies pour ensuite ramener Félix à la maison, le lundi matin. Par malheur, avec cette fichue commotion, ce beau plan est tombé à l'eau. Et comme tous les autres joueurs ont déjà organisé leurs déplacements, tout indique que Félix devra rentrer à Louiseville en autobus. Il craint tellement de rater son coup qu'il a déjà réservé sa place dans l'autobus pour Montréal, où sa mère, sa sœur et Emma viendront le chercher. Le départ est prévu le vingt-deux à onze heures. S'il n'y a pas de vilaines tempêtes qui viennent saboter son scénario, il pourra serrer son amoureuse dans ses bras un peu après l'heure du souper. Mais avant les baisers, les accolades et les caresses, Félix devra attendre encore quatre autres interminables journées… Et les photos coquines qu'Emma lui a acheminées sur son portable n'aident en rien à le faire patienter. Plus il les scrute et plus il s'ennuie de sa belle Colombienne. Il en vient même à la conclusion qu'au retour du congé des fêtes, il serait sûrement préférable de reprendre une certaine distance avec Emma pour rester bien concentré, car en ce moment, il a la tête très loin de Rouyn-Noranda.

Félix Riopel @Rippy57

J'adore mes coéquipiers des Huskies, mais je préfère ma blonde. Miss u. Can't wait anymore baby! #CongédeNoël

Pour le dernier week-end avant Noël, les dirigeants de la LHJMQ ont eu la brillante idée de placer à l'horaire un duel aller-retour entre les deux grands rivaux abitibiens. Ça évite de longs déplacements pour tout le monde, tout juste avant la pause du temps des fêtes. Le vendredi soir, les Foreurs seront à l'aréna Iamgold. Le dimanche, les Huskies leur rendront la politesse en allant les affronter à Val-d'Or. En Abitibi, c'est ce que l'on appelle le « Duel de la 117 ».

Confiants à la suite de quatre gains consécutifs, les Huskies se font ramener sur terre devant leurs partisans. Rien ne fonctionne pour la troupe de Caisse qui se fait tout simplement ridiculiser au compte de sept à deux. Après ce massacre, une fois dans le vestiaire, l'entraîneur-chef pique une sainte colère. La journée de congé prévue pour le lendemain est annulée. Samedi matin, les joueurs devront se présenter à l'aréna dès huit heures pour un entraînement qui sera suivi d'une séance vidéo où l'on regardera la partie en groupe, segment par segment. Caisse savait qu'avec quarante-huit heures avant le prochain match, ses hommes devaient tous sortir dans une discothèque pour faire la fête à l'approche du congé de Noël. Avec l'effort lamentable fourni par ses ouailles, il n'a absolument aucun remords à venir briser le party. Et ceux qui oseraient rentrer éméchés aux petites heures vont incontestablement le regretter sur la patinoire samedi matin.

En regardant ses coéquipiers s'entraîner sans rondelles pendant plus d'une heure, Félix se dit qu'il n'y a pas que des désavantages à se retrouver sur la liste des joueurs blessés!

Sauf que Caisse a donné un coup d'épée dans l'eau. Le dimanche, les Foreurs se payent encore une fois un pique-nique aux dépens de leurs voisins. Cette fois, Val-d'Or l'emporte cinq à zéro. Témoin impuissant de cet autre désolant spectacle, Félix comprend parfaitement ce que William Rousseau lui avait exprimé après sa commotion cérébrale quand il lui avait expliqué à quel point on se sent inutile et qu'on aimerait aider ses coéquipiers quand l'équipe traverse une mauvaise passe.

Si Caisse était sorti de ses gonds quarante-huit heures plus tôt, cette fois il demeure placide et affiche même un flegme déconcertant. Les mains dans les poches, il arpente lentement le vestiaire, sans dire un mot, comme s'il réfléchissait à ce qu'il allait dire ou s'il songeait à un châtiment pour ses joueurs.

— Les *boys*… Vous avez été franchement pathétiques. Je pensais que vous auriez compris après la *game* de vendredi soir. Ç'a l'air que non. C'est quoi votre *ostie* de problème? Vous avez déjà la tête aux vacances de Noël? Sacrement, on vient de se faire

planter deux fois de suite par un club plus qu'ordinaire. Douze à deux ; le total des buts. Pis contre
Val-d'Or en plus, sermonne-t-il en élevant à peine
le ton. Demain, soyez tous à l'aréna à midi. On va
recommencer ce que vous avez pas compris samedi.

— Excuse, coach, interrompt Marc-Olivier
Laflamme. C'est vrai qu'on a été vraiment pourris.
Je suis d'accord et tous les gars aussi, mais demain,
on est censés partir dans nos familles pour le congé
de Noël…

— Regarde donc le capitaine qui vient prendre la
défense de ses coéquipiers, rétorque Caisse en riant
jaune et en serrant les poings. J'avais même pas
remarqué que t'étais là à soir, Laflamme. Le règlement de la ligue, c'est que le vingt-deux décembre,
on est obligés de vous libérer pour seize heures.
Inquiétez-vous pas, vous pourrez partir pour aller
voir vos petites mamans avant seize heures.

Le lendemain, Richard Caisse attend ses hommes
de pied ferme pour une autre éreintante séance
d'entraînement sans rondelles et une ennuyante
réunion d'équipe consacrée au visionnement de
leur lamentable partie. C'est parfois le prix à payer.
Même si tous les joueurs ne sont pas d'accord avec
la sanction, personne n'ose bougonner.

Toutefois, un porte-couleurs des Huskies brille
par son absence : Félix Riopel. Vers treize heures
trente, quand vient le temps de regarder le film

d'horreur de la veille, en constatant que la recrue ne s'est pas présentée à l'aréna comme tout le monde, l'entraîneur-chef pète les plombs et se précipite en pestant dans son bureau pour téléphoner à son patron, le directeur général, Dany Lafrenière. Du vestiaire, les gars l'entendent gueuler comme un enragé.

Même s'il est blessé, le jeune aurait normalement dû se rapporter pour l'entraînement comme à l'habitude. Aucun coéquipier n'ose prendre sa défense. Félix est parti sans rien dire, sans poser de questions. Difficile dans les circonstances de se porter au secours du jeune alors que nul ne sait où il est ni même ce qu'il fait. Blessé depuis un certain temps, il est le seul joueur des Huskies à étudier au secondaire et il n'accompagne pas les gars après les parties. Il vit un peu à l'écart du groupe en raison de son âge et surtout de son mode de vie rangé en dehors de la patinoire… Malheureusement, personne n'avait constaté son absence.

Assis dans l'autobus, incapable de fermer l'œil, Félix, sans se lasser, regarde en rotation les cinq photos d'Emma montrant ses vêtements éparpillés sur le sol. Soudain, un appel entrant chasse l'image enchanteresse et le sort brutalement de ses rêves.

C'est le directeur général des Huskies. Après avoir sursauté en maugréant, il se dit que monsieur Lafrenière veut probablement lui souhaiter un joyeux Noël.

— Bonjour, monsieur Lafrenière, lance Félix sur un ton enthousiaste.

— Dis-moi, jeune homme, t'es où là?

— Dans l'autobus vers Montréal.

— En quel honneur t'es pas allé à l'entraînement du club aujourd'hui? demande le DG sur un ton sec que Félix ne lui a jamais connu auparavant.

— Ben là, j'pensais pas que j'étais obligé d'y aller, vu que j'suis blessé. En plus, mon billet d'autobus était déjà acheté pis le départ était à onze heures. J'aurais pas pu y aller de toute façon, explique Félix.

— Est-ce que Richard Caisse t'a dit que t'étais exempté d'entraînement?

— Non, monsieur.

— Est-ce qu'en temps normal, selon nos règlements internes, les joueurs blessés doivent assister aux entraînements et aux réunions d'équipe?

— Je pense que oui. Mais comme je vous ai dit, monsieur Lafrenière, mon autobus partait à onze heures, répète Félix pour plaider sa cause.

— Je m'en fous pas mal de ton ticket d'autobus. T'avais juste à le *booker* plus tard ou à t'en racheter un autre, c'est pas le problème des Huskies ça, jeune homme. Aujourd'hui, t'as dérogé à nos règlements.

T'as laissé tomber tes coéquipiers. T'as manqué de respect à ton coach et à toute l'organisation des Huskies, sermonne Lafrenière. Félix, tu es suspendu jusqu'à nouvel ordre. Richard m'a dit que tu devais rejoindre l'équipe à Victoriaville le vingt-huit, en après-midi?

— Exact, monsieur, murmure Félix incrédule.

— Oublie ça. Reste chez toi. C'est inconcevable, ce que tu viens de faire. On n'est pas encore certains si on va te renvoyer au midget AAA pour finir l'année. La seule chose qui est certaine, c'est que même si tu es rétabli de ta commotion cérébrale, tu ne porteras pas le chandail des Huskies avant un méchant boutte. Je vais te rappeler vers le trois ou le quatre janvier pour te dire ce qu'on a décidé. En attendant, tu n'entreras en contact avec aucun de tes coéquipiers... Je veux dire avec aucun joueur des Huskies de Rouyn-Noranda.

— Mais j'ai pas voulu mal faire, monsieur Lafrenière, ajoute Félix pour se défendre. J'ai pas pensé que ça ferait une histoire que je parte chez moi comme prévu.

— T'as pas pensé... Ben t'aurais dû essayer de penser un peu plus. Comme t'aurais dû penser que c'était pas intelligent de se vider le cœur auprès d'un journaliste. Là, t'es suspendu, mon petit gars, pis je ne reviendrai pas là-dessus. En attendant qu'on décide de ton sort, si jamais y a un journaliste qui te téléphone, t'as juste à dire que t'es resté à la maison parce que t'as encore des symptômes de ta commotion. Je te rappelle dans deux semaines, tranche Lafrenière en mettant un terme à la discussion.

La photo d'Emma dévêtue réapparaît comme par enchantement, cependant ce n'est pas suffisant pour sortir Félix de son affreux cauchemar. Il n'a pas rêvé. Dany Lafrenière vient de lui dire qu'il va peut-être finir la saison avec les Estacades au niveau midget AAA. C'est un scénario tout à fait invraisemblable. Ce n'est pas de la tristesse qui l'habite, mais plutôt un profond sentiment d'injustice et d'incompréhension. Sa vie dans le monde des adultes s'avère considérablement plus ingrate qu'il ne l'avait imaginé. Pourquoi les Huskies font-ils de lui le bouc émissaire des récents déboires de l'équipe? S'il avait erré en se confiant au journaliste Gabriel Gauthier, cette fois, il estime qu'il n'a rien fait pour mériter un traitement aussi arbitraire. Lafrenière et Caisse ont certes le droit de ne pas apprécier son geste, mais à ses yeux, leur réaction est amplement démesurée. Il se demande aussi comment cette situation aurait été gérée s'il avait eu un agent pour représenter ses intérêts comme c'est le cas pour la plupart de ses coéquipiers.

Le pire, c'est qu'il ne peut rien faire pour améliorer son sort. Il est condamné à passer les vacances de Noël à attendre sa sentence et il se sent aussi impuissant qu'un malfaiteur durant les délibérations du jury. Avec un seul coup de fil, ce congé qu'il anticipait avec tellement d'exaltation vient soudainement de se transformer en tragédie.

Découragé, Félix souffle dans la fenêtre de l'autobus pour faire de la buée. Il n'écoute plus de musique. Il ne regarde plus les photos aguichantes de sa bien-aimée. Il ne voit même plus le temps s'égrainer.

Ça fait bientôt une heure qu'il se contente de tracer des cercles dans la fenêtre en s'apitoyant sur son sort. Il a beau ressasser tout ça dans sa tête, il ne sait pas comment il pourra se sortir de ce bourbier. Il a l'impression qu'à chaque fois que sa situation s'améliore, il faut toujours qu'il finisse par glisser sur une pelure de banane. On dirait qu'il est le seul au monde à être victime de ce genre de fatalité.

Pour éviter que tout ça tourne en psychodrame ou en leçon de morale, il évalue qu'il sera sans doute préférable de taire cette affaire. Peut-être qu'il en parlera à Carl. Il lui sera carrément impossible de penser à autre chose, mais il devra néanmoins trouver un moyen de se sortir ça de l'esprit quand il sera avec sa mère ou avec Emma. Sa vie en Abitibi est peut-être devenue une malédiction, pourtant ce n'est pas une raison pour gâcher les vacances des deux femmes de sa vie.

— Où tu vas, Félix? demande Emma, encore emmitouflée sous les draps.

— Ça fait une heure que je ne dors plus. Reste couchée, moi je me lève.

— Ah non… reste dans le lit encore un peu. Ça fait quatre mois qu'on n'a pas fait dodo collés, insiste la jeune fille avec sa voix mielleuse.

— T'as raison, Emma, mais pas plus que quinze ou vingt minutes. Ça fait un bout de temps que j'entends ma mère faire du bruit en haut. Je pense qu'elle a hâte de me voir.

Satisfaite, la jeune Colombienne sourit et enlace son joueur de hockey qui revient se blottir doucement contre elle dans le lit. Pendant qu'il joue machinalement dans les longs cheveux noirs de sa copine qui a refermé les yeux, Félix ne peut s'empêcher de songer aux événements de la veille. Peut-être que le congé de Noël permettra à Dany Lafrenière et à Richard Caisse de passer du temps agréable en famille et que ce contexte propice à l'amour et au partage leur fera prendre du recul face à sa situation? Peut-être même que le curé parlera du pardon à la messe de minuit et qu'ils réaliseront qu'ils y sont allés plutôt fort à son endroit? Peut-être aussi qu'ils discuteront de ce qui est arrivé avec leur épouse ou leurs amis et qu'on leur fera comprendre que cette sanction à son endroit est injuste et exagérée? Peut-être que le club va poursuivre sa série d'insuccès et qu'ils vont constater qu'ils ne peuvent pas se passer de lui ? À moins que monsieur Lafrenière mette sa menace à exécution et qu'il l'envoie finir la saison dans le midget AAA ? Pire, le directeur général pourrait même l'échanger à une équipe des Maritimes...

La seule chose qui est certaine pour l'instant, c'est que Félix ne s'endort pas du tout. Son corps est dans le sous-sol d'un cottage à Louiseville, mais son esprit vagabonde et lui suggère une myriade de scénarios sur son avenir avec la formation de Rouyn-Noranda. Il avait envisagé des vacances très différentes. En ce vingt-trois décembre, il n'est que huit heures vingt et il sait trop bien qu'il ne pourra chasser ces idées de sa tête. La journée sera probablement très longue... Surtout qu'Emma veut aller passer l'après-midi au centre commercial à Trois-Rivières.

Mais à bien y songer, ça va lui permettre de penser à autre chose et également de trouver des cadeaux pour gâter tout le monde. Félix a rapporté avec lui quelques babioles des Huskies, mais pour la première fois de sa vie, grâce à sa petite paye hebdomadaire de joueur junior, il se retrouve avec un peu d'argent dans son compte bancaire. Il pourra donc enfin offrir un vrai beau présent à sa mère, à Emma et à sa sœur. En furetant à gauche et à droite dans les boutiques, son amoureuse devrait sans doute démontrer de l'intérêt pour un éventuel cadeau. Au pire, elle pourra le conseiller pour ce qu'il devrait acheter à Line, Véronique et Carl.

Après Félix, la musique et la danse, le magasinage est assurément la plus grande passion d'Emma. Pour elle, la belle vie, c'est de déambuler d'un présentoir à l'autre en fouinant pour dénicher de bonnes aubaines. À ses yeux, la véritable magie de Noël, c'est ce capharnaüm bruyant et coloré que deviennent les centres commerciaux dès le début de décembre. Cette multitude de lumières brillantes qui scintillent partout, les décorations somptueuses, ces gens pressés qui se bousculent en essayant de repérer un cadeau unique, la musique de Noël qui crie dans les haut-parleurs, les vendeurs souriants, les caissières débordées, l'amalgame de nouveaux kiosques qui poussent au centre des allées, les joyeux lutins, la ravissante fée des étoiles et ce bon vieux père Noël joufflu créent un décor enchanteur et grisant pour Emma. C'est comme si, chaque fois, elle replongeait dans le temps et redevenait une fillette de cinq ans qui n'a pas encore perdu ses illusions.

Rarement Félix a-t-il perçu une si belle complicité entre sa dulcinée et sa sœur Véronique. Même si les deux adolescentes n'ont que quelques dollars à dépenser, elles gambadent avec enthousiasme d'une boutique à l'autre en espérant tomber sur une bonne affaire.

Félix Riopel @Rippy57

Home sweet home.

À suivre les deux aventurières du magasinage dans tous les recoins du centre commercial, le jeune mal-aimé des Huskies en oublie presque ses problèmes. Se contentant à l'occasion d'approuver d'un regard lorsque l'une ou l'autre lui braque un objet sous les yeux, il marche un peu en retrait et constate à quel point les siens lui ont manqué pendant ces quatre interminables mois en Abitibi. Il a certes croisé tout le monde au moins une fois lorsque les Huskies sont venus jouer dans le coin, mais seulement pour de brèves rencontres.

Il avait pratiquement oublié combien il aimait profondément sa chipie de sœur. La voir ainsi de mèche avec Emma le réconforte énormément… Si seulement il pouvait sentir la même connivence entre sa copine et sa mère.

Le temps d'une courte pause, Félix offre un chocolat chaud nappé de crème fouettée aux filles, puis le trio repart de plus belle parmi la foule bigarrée. C'est une course contre la montre. Il y a tellement de monde au centre commercial que Félix a l'impression de participer à un nouveau jeu : les autos tamponneuses humaines !

Malgré ce tintamarre et quelques collisions involontaires avec des acheteurs pressés, Félix ne ressent aucun mal de tête, ce qui n'est pas sans le réjouir. En plus, il a déjà déniché un cadeau pour tous ceux qu'il voulait choyer, à l'exception de Paul, le père de Carl, qui a toujours été là pour le soutenir et le conseiller. Depuis le tragique accident qui a emporté le père de Félix il y a presque cinq ans, monsieur Lapierre a pratiquement toujours traité le jeune Riopel comme son propre fils.

— Hé hé ! Salut, Rippy, lance joyeusement un gaillard qui s'amène à la rencontre du groupe.

— Salut, Loiselle, as-tu pris des cours de comédie ? interroge Félix en apercevant son ennemi de toujours.

— Des cours de comédie ? J'la pogne pas…

— Pareil comme mes passes !

— Voyons donc, Rippy ! De quoi tu parles ?

— J'veux dire que t'as vraiment l'air content de me voir. C'est pas normal. C'est pour ça que j'ai demandé si t'avais suivi des cours de comédie !

— Maudit niaiseux. Pis l'affaire des passes… j'la pogne pas plus celle-là…

— C'est pas compliqué, Loiselle. Tu pognes pas mes gags, comme tu pognes jamais mes passes !

— OK… c'est supposé d'être drôle, ça? Ça doit être à cause de ta commotion cérébrale que tu fais des *jokes* aussi plates. Sérieux, c'était vraiment un *cheap shot* le coup à Québec. Je te jure que si une affaire semblable se reproduit la semaine prochaine, je vais sauter sur le gars qui te fera ça. Regarde ça, le beau Ced a pris six livres depuis qu'il a été retranché… juste du muscle, mon Rippy!

— La semaine prochaine où?

— Ben, voyons! La semaine prochaine avec les Huskies, après les vacances des fêtes, explique Loiselle. Dany Lafrenière m'a téléphoné hier pour me dire qu'il me montait pour une couple de *games* pour remplacer Éric Boisvert qui est avec Team Canada au Championnat du monde en Suisse. Je vais te dire qu'ils vont faire un méchant saut parce que je me suis amélioré en maudit depuis septembre.

— *Good*… Mais pas certain qu'on va jouer ensemble. J'ai été vraiment sonné à Québec pis je ne sais même pas quand je vais recommencer à patiner. D'ailleurs, juste être ici au centre commercial, ça me donne la nausée. Excuse-moi, va falloir que j'y aille, prétexte Félix pour mettre un terme à la discussion.

— Pas de trouble, *man*. On se texte!

— En passant, merci, Loiselle, pour ton texto quand j'ai scoré contre les Remparts pis l'autre après quand je me suis fait éclater par le gros Russe.

— Fait plaisir! C'est ça un coéquipier, Rippy, lance le gros défenseur en le saluant avant de tourner les talons vers le stationnement.

Félix se demande quelle mouche peut bien avoir piqué Cédrick Loiselle. D'ordinaire désagréable et méprisant, il vient soudainement de se montrer sympathique pour la première fois depuis qu'il le connaît. Vraiment étrange. C'est probablement le résultat de l'esprit de Noël.

Et ce n'est pas tout : Félix sera tout simplement médusé quelques heures plus tard lorsqu'il se connectera sur son compte Facebook et qu'il verra ce que Loiselle a publié sur son mur.

Cédrick Loiselle Content de t'avoir vu ajd Rippy. Faut que tu guérisses vite pcq je vx jouer avec toi quand je vais monter à Rouyn.

23 décembre à 18 h 41 · J'aime

6

Le retour de Loiselle

— J'en reviens pas, Carl, lance Félix encore
incrédule devant le récit de son meilleur ami. J'ai de
la misère à te croire. De la façon dont tu parles, c'est
comme si le gros niaiseux à Loiselle était devenu un
bon gars du jour au lendemain. C'est carrément
impossible de changer aussi vite que tu dis.

— J'ai pas dit que Loiselle est rendu mon chum,
mais c'est clair que c'est pas le même gars qu'avant.
D'après moi, ça lui a ouvert les yeux de se faire
retrancher à Rouyn, alors que toi t'es resté là-bas
quand t'étais pas supposé faire le club.

— Peut-être… Je suis quand même certain que
t'exagères. À t'entendre parler, Loiselle est rendu
aussi gentil et serviable que Barabas dans la Passion.

— Voyons, Félix! C'est ta commotion qui te fait
dire des conneries? Barabas dans la Passion, il
n'était pas gentil. L'expression c'est « connu comme

Barabas dans la Passion», explique Carl en termi-
nant de configurer la partie de hockey qu'ils se
préparent à disputer sur la console Xbox.

— Peu importe, répond Félix. Moi je dis qu'il
vous a monté un beau bateau. Même avec beaucoup de volonté, un gars ne change pas comme ça
tout d'un coup. Il doit juste jouer la comédie… Pis
on dirait que ça marche!

— Ah, laisse faire Loiselle! Regarde ça, Félix,
c'est le club que je me suis monté sur le jeu de la
LNH. Je t'ai sélectionné dans mon équipe d'étoiles
et je me suis aussi créé un avatar. Le défenseur Carl
Lapierre complète un duo avec Kristopher Letang.
Toi, tu joues sur la ligne à Rick Nash et Patrick
Kane.

— À Rouyn, je joue souvent avec un gars de la
place qui s'appelle Fred et je me suis placé avec
Kane pis David Perron, répond machinalement
Félix.

— Le pire, c'est qu'un jour tu vas peut-être jouer
avec eux pour vrai, rigole Carl, heureux de voir que
son meilleur ami n'a pas changé malgré son nouveau statut. Après quatre mois d'exil, Félix est de
retour à Louiseville et tout est exactement pareil
comme le vingt-trois décembre au soir, il y a un an.

— Garde ça pour toi, mais pour l'instant c'est
même plus certain que je joue avec les deux chau-
drons à Webster pis Léveillé, révèle Félix. Hier le

club m'a suspendu indéfiniment. Y a personne qui le sait actuellement.

Calé dans le vieux fauteuil brun du sous-sol des Lapierre, Félix appuie sur le carré noir au centre de sa manette pour mettre la partie sur «pause». Il relate alors à son copain le fil des événements. Arrivé dans son patelin vingt-quatre heures plus tôt, il attendait de se retrouver seul avec son meilleur ami afin de se confier à quelqu'un. Sans dire un mot, Carl écoute son surprenant récit. Depuis la mi-août, la vie de Félix a été remplie de péripéties, toutefois sa dernière aventure dépasse toutes les autres.

— T'es ben épais, Rippy, ne peut s'empêcher de commenter Carl. Tu le savais, en plus, que t'avais pas de marge de manœuvre.

— Je le sais. Faut que je parle à ma mère, ça me prend un agent au plus sacrant. Si j'avais un agent, c'est lui qui se serait arrangé pour mon retour à Louiseville. Au pire, j'aurais pu lui demander s'il pensait que c'était correct de partir sans aller à l'entraînement.

— T'aurais pu demander à un autre joueur. Au capitaine, mettons? T'aurais pu me demander aussi, pis je t'aurais dit de revenir plus tard. Dans le fond, je pourrais devenir ton agent, lance Carl en boutade pour essayer de ramener un sourire sur le visage de son camarade.

99

— Ben oui! Tout un agent! C'est pas toi, y a deux semaines, qui m'a dit que t'avais la chienne de couler ton secondaire cinq?

Félix enfonce à nouveau le bouton noir. La partie reprend. Sidney Crosby passe à Martin St-Louis qui tire à côté du but. Comme le gardien Pekka Rinne était sorti de sa cage pour essayer de frapper Anze Kopitar, le défenseur Lapierre touche la cible en lançant dans un filet abandonné. Carl bondit du sofa en criant, exécute une petite danse de joie et montre Félix du doigt pour le narguer.

— *In your face dude!* Je m'étais ennuyé de te sacrer des volées, Félix! Je commençais à être tanné en maudit de jouer tout seul à *Call of Duty* et *Grand Theft Auto*.

— Les nerfs, le clown. C'est juste un à zéro! Assois ton petit cul de fendant qu'on continue notre *game*.

— Ça sera pas long. Je vais aller me chercher une bière avant. Veux-tu quelque chose?

— Comment ça une bière? Depuis quand tu bois de la bière en jouant au Xbox?

— Depuis que je ne joue plus au hockey! J'ai perdu assez de temps l'été passé. Veux-tu quelque chose? répète Carl.

— Non merci, décline Félix. Tout ce que je veux c'est t'humilier au Xbox, alors fais ça vite.

Les parties se succèdent jusqu'à tard dans la nuit. Quand il rentre enfin chez lui, Félix a le cœur léger. C'est étrange de constater comment quatre ou cinq heures avec Carl peuvent avoir changé son état d'esprit. Ce n'est peut-être pas seulement le fait d'avoir passé du temps avec son copain. C'est peut-être parce qu'il n'a pensé à rien pendant que ses pouces s'affairaient à faire virevolter David Desharnais, à faire dégainer Tyler Seguin ou à faire violemment frapper Zdeno Chara…

Depuis le décès d'André Riopel, Noël n'a plus été la réjouissante source de célébrations à laquelle toute la famille était habituée auparavant. Line a pourtant fait des pieds et des mains pour que ses enfants continuent de fêter et de s'amuser comme avant. Malgré tout, chaque année, ses efforts n'ont jamais l'effet escompté. La magie est disparue.

Si c'est vrai que le temps fait son œuvre et finit par arranger les choses, on dirait que ce proverbe ne s'applique pas pour le Noël des Riopel. C'est la quatrième fois que l'on s'apprête à fêter sans André et comme ce fut le cas lors des trois années précédentes, un immense sentiment de morosité envahit tout le monde dès le vingt-quatre décembre au matin.

Cette année, le scénario sera peut-être différent : Félix revient au bercail, tel un enfant prodigue, et Vicky, la nouvelle conjointe de Paul Lapierre, souhaite les recevoir. Le nouveau couple a tout fait pour que les convives se régalent et s'amusent lors de leur réveillon. Malgré la nostalgie, peut-être que ce soir les sourires seront moins forcés que ces dernières années pour Line et ses enfants!

Reste que Félix devra encore une fois essayer de trouver une solution pour régler une situation délicate. Emma aimerait qu'il aille chez elle, mais il sait que Line espère ses enfants auprès d'elle le vingt-quatre au soir. D'ailleurs, jamais il n'oserait lui faire faux bond… Finalement, la vie n'était pas si compliquée à Rouyn-Noranda!

À Trois-Rivières, le Noël des Loiselle est beaucoup plus festif et surtout moins mélancolique que celui des Riopel. Chaque année, les parents de Cédrick accueillent une quarantaine d'invités dans l'exubérance.

Homme d'affaires respecté et populaire en Mauricie, Bernard Loiselle a fait fortune dans l'industrie de l'automobile. Après avoir acheté le petit garage de son père à la fin des années quatre-vingt, il a rapidement multiplié les agrandissements et les achats, si bien qu'il est aujourd'hui un concessionnaire prospère qui possède des garages à Nicolet, Grand-Mère et Trois-Rivières. Le père de Cédrick a extrêmement bien réussi, il en est fier et il ne s'en cache pas. Il est encore plus fier de son fils unique et ça n'a jamais été aussi vrai qu'en ce soir de Noël.

— Approchez, tout le monde, hurle le jovial homme d'affaires. Venez, on va porter un toast. Chaque année, au réveillon, c'est toujours un honneur pour Nicole et moi de vous recevoir à la maison. Cette année, on a tous une raison supplémentaire pour fêter. Cédrick, viens me rejoindre, ajoute-t-il avant de faire une petite pause pour se ressaisir.

— Vous le savez, au fil des ans, y a un paquet de langues sales qui ont dit que j'avais sorti du *cash* pour acheter des coachs afin d'obtenir des privilèges pour mon fils, poursuit le rondelet personnage. Vous me connaissez, vous savez que Nicole et moi on n'aurait jamais fait des affaires semblables. Mon père m'a aidé pour partir en *business,* mais j'ai bâti mes entreprises tout seul et c'est important que Cédrick fasse la même chose.

— OK, papa, c'est beau là, interrompt timidement l'adolescent, gêné par cette entrée en matière.

— T'as beau être rendu à six pieds deux, c'est encore moi ton père, donc ferme ta boîte! s'exclame Bernard dans un éclat de rire qui se propage à tous les convives rassemblés dans l'immense salon. *Anyway* j'achève mon *speech*! Avec son physique et son talent, Cédrick l'a pas mal toujours eu facile au hockey. En septembre, à Rouyn-Noranda, il a reçu une première vraie claque sur la gueule quand il a été retranché par les Huskies après avoir été confirmé dans le club. Il a réagi en gagnant. Au lieu de brailler et de se plaindre, il a choisi de travailler fort et de mettre de la discipline dans sa vie. C'est pas évident de faire ça à seize ans… J'ai encore de la misère à cinquante-six! Le vingt-huit décembre, Cédrick va jouer avec les Huskies à Victo. Pour ceux qui veulent venir, j'ai loué une loge pour la *game*. On sait pas s'il va rester avec eux, mais c'est déjà une victoire et je suis fier de toi, mon homme, conclut-il la gorge nouée par l'émotion, avant d'inviter tout le monde à lever son verre.

7

Une rencontre inopinée

Malgré ses allures de dictateur, Richard Caisse n'est pas le dur à cuire insensible que tous imaginent. Seul depuis trois jours, la pause de Noël lui rappelle chaque année que le hockey lui a tout donné et tout volé.

Entraîneur réputé, il jouit d'une notoriété qui dépasse les frontières du Québec. Par contre, pour accéder à ce statut enviable, il a dû s'investir dans ce métier ingrat sans compter les heures. Le prix à payer a été énorme. Il y a neuf ans, lasse de l'attendre et de vivre avec son ombre, son épouse l'a largué sans avertissement. L'Américaine qu'il avait connue à Toledo, à l'époque où il dirigeait dans la East Coast League, est retournée aux États-Unis avec les jumelles. Caisse n'a revu ses filles qu'en de rares occasions. Brenda avait exprimé le souhait de le croiser le moins souvent possible sur son chemin…

Il ne s'est pas battu. Pour une rare fois dans sa vie, il a abdiqué sans rien dire. Après tout, son ex-épouse avait raison. Il l'avait négligée sans vergogne pour monter dans la hiérarchie du *coaching*. Être entraîneur, c'est tout ce qu'il lui reste aujourd'hui.

Après trois jours chez lui, dans son ermitage de Rouyn-Noranda, tôt le vingt-cinq au matin, Caisse prend le chemin de Montréal pour visiter sa sœur Annie à Saint-Jérôme. Son patron, Dany Lafrenière, l'avait invité la veille pour le réveillon, toutefois il avait préféré rester en réclusion à la maison, accroché au mince espoir que ses filles, Lindsay et Jennifer, lui téléphonent via Skype, comme ce fut le cas six mois plus tôt, avant leur bal de finissants. Finalement, il n'a jamais reçu la moindre demande et il n'a pas osé prendre l'initiative. Assis tout seul devant son ordinateur, le pilote des Huskies a passé le temps en examinant les comptes Facebook de ses joueurs grâce au faux profil créé uniquement dans le but de surveiller son club. C'est ainsi que le vingt-quatre décembre au soir, de vingt et une heures à deux heures du matin, sous le pseudonyme de Julianne Trottier, il a scruté méticuleusement ce que ses troupiers écrivaient, et à sa grande satisfaction, il n'a rien trouvé d'anormal sur leurs murs. Caisse a traversé la nuit de Noël seul comme un naufragé endurci.

Ce n'est pas parce que tout le monde célèbre en famille ou entre amis que Richard Caisse a nécessairement le cafard. La vie qu'il mène aujourd'hui lui convient parfaitement et présentement il n'a pas l'intention de s'investir dans une nouvelle relation amoureuse. De toute façon, il n'y a pas tellement de place dans son horaire chargé pour les affaires de cœur. D'ailleurs, même le séjour chez sa sœur aînée ne sera pas très long.

Il est prévu que les Huskies auront un entraînement facultatif le vingt-sept à seize heures. Comme le calendrier reprendra le vingt-huit à Victoriaville, les joueurs qui le désirent pourront aussi se présenter à treize heures à l'amphithéâtre Gilbert-Perreault.

Richard Caisse apprécie ces instants de solitude, ce qui ne l'empêche pas d'être un joyeux luron à ses heures. Le soir de Noël chez sa sœur, il délecte la parenté de ses savoureuses anecdotes. C'est pratiquement devenu une tradition pour le souper de Noël, Richard enchaîne des histoires croustillantes sur ses nombreuses expériences hors du commun dans le merveilleux monde du hockey.

Le lendemain, pour sa dernière soirée dans la métropole, Richard réserve une surprise agréable à sa sœur Annie et à son mari Daniel. Pour les remercier de leur hospitalité coutumière, il a décidé de délier les cordons de sa bourse afin de les sortir au chic et réputé restaurant La Queue de cheval, situé à quelques pas du Centre Bell, à Montréal. C'est le genre d'extravagance qu'il ne se paye pas souvent même s'il en a amplement les moyens.

— Ça va te coûter une somme astronomique, Rick, murmure Annie en hochant la tête. On aurait pu rester à la maison. C'est pas raisonnable de venir ici. Ça va te coûter au moins mille piastres si tu commandes une autre bouteille de vin.

— C'est certain qu'on va en commander une autre, la sœur, parce que c'est toi qui conduis, réplique Richard en plaisantant. Pour les rares fois qu'on passe du temps ensemble, on commencera pas à se priver à soir. Et attends de voir le plateau de desserts tantôt!

— En tout cas, j'ai jamais mangé aussi bien de toute ma vie, intervient Daniel. Le prosciutto et le carré d'agneau étaient succulents. Sérieux, je suis prêt à emprunter pour revenir s'il le faut. Et Richard, on va se faire venir une autre bouteille de rouge, mais c'est moi qui la paye, ajoute le beau-frère qui flotte sur un nuage.

— Non. C'est moi qui l'offre, lance le plus sérieusement du monde l'homme qui s'amène à leur rencontre.

Bien enfoncé dans le fond de sa chaise en cuir, Daniel laisse tomber sa fourchette, Annie ne sait pas quoi dire et Richard se met à rire.

— Mets-en que tu vas payer, lance Caisse en s'esclaffant. Ton club a repêché tellement de mes joueurs depuis dix ans que tu me dois bien une bouteille de vin… Et une bonne à part de ça !

Manifestement très heureux de cette rencontre impromptue, l'entraîneur des Huskies se lève pour saluer son interlocuteur, puis il s'empresse d'enchaîner avec les politesses d'usage et demande à un serveur d'apporter une chaise supplémentaire.

— Mario, je te présente ma petite sœur Annie et son mari Daniel.

— Enchanté, monsieur Lemieux, répondent-ils à l'unisson sans rien ajouter, encore éberlués de voir cette légende vivante maintenant assise à leur table.

— Pis, Rick ? Comment s'arrange ton capitaine ? En tout cas, je peux te dire qu'on a adoré le petit Laflamme à notre camp d'entraînement à Pittsburgh, avoue le propriétaire des Penguins.

— Honnêtement, il n'a pas la saison offensive à laquelle on s'attendait, mais on est très satisfait dans l'ensemble. Il est très responsable dans les trois zones et il s'implique dans le vestiaire. Faut dire aussi qu'avec la perte de Matejovsky qui est resté à Washington, toute l'attaque repose sur Marc-Olivier. D'ailleurs, je ne comprends pas qu'il n'ait pas été invité pour jouer avec Team Canada au Championnat du monde junior, explique Caisse.

— Vous n'avez personne là-bas ? interroge Mario Lemieux.

— On a juste perdu Éric Boisvert, notre quart-arrière à la ligne bleue. Aussi Isner à l'avant avec les Tchèques.

— Parle-moi donc de votre p'tit jeune de seize ans… Mes dépisteurs ont pas l'air de le détester, mais ils disent qu'il n'est pas très gros.

— Tu parles de Riopel ? demande Caisse pendant que Lemieux goûte au vin qu'on vient de lui servir tout en acquiesçant de la tête. Ben, ce *kid*-là a un talent exceptionnel, poursuit l'entraîneur des Huskies. Y a des mains pis une vision phénoménale. Mais y a un petit maudit caractère qu'on essaye de casser. D'ailleurs, il est suspendu actuellement et c'est possible qu'on le renvoie au midget AAA pour finir l'année. Si c'était juste de moi, ça serait déjà réglé. Écoute, Mario, c'est pas une garderie, Rouyn-Noranda, pis moi je commence à être pas mal tanné de ses agissements. J'ai pas juste ça à faire gérer un *kid* de seize ans.

— *My God !* Qu'est-ce qu'il a fait de si terrible, le jeune ?

— Y a deux semaines, il a trop parlé à un journaliste. Pis le vingt-deux, j'avais mis un entraînement en début d'après-midi, imagine-toi qu'il ne s'est jamais présenté parce qu'il avait déjà acheté son billet d'autobus et il pensait qu'il n'avait pas d'affaire à venir à l'aréna vu qu'il est blessé.

— Pis là, à cause de ça, tu veux plus le voir à Rouyn et vous pensez le renvoyer dans le midget ?

— On veut le casser. Il est bourré de talent, mais on dirait qu'il ne veut rien comprendre, explique Caisse.

— C'est pas de mes affaires, mais d'après moi c'est juste un manque de maturité. Pis de la maturité, il va en pogner pas mal plus s'il reste avec vous autres que s'il retourne jouer midget, se permet de commenter Lemieux. C'est qui son agent?

— Y a pas d'agent.

— C'est pas de votre faute, mais si y avait un agent, il serait probablement mieux conseillé et ça ne serait peut-être pas arrivé. C'est quoi son nom à ton *kid*?

— Félix Riopel. C'est le numéro cinquante-sept.

— Merci, Rick, je vais dire à mes dépisteurs de continuer à garder un œil sur lui. Désolé, c'est pas que je m'ennuie en votre compagnie, mais je vais aller rejoindre ma famille. On est dans le petit salon privé au deuxième étage.

— Parfait, Mario. Merci pour le conseil… et pour la bouteille!

Complètement stupéfaits, Annie et Daniel demeurent bouche bée. Mario Lemieux, l'un des plus grands joueurs de l'histoire du hockey, vient tout juste de passer au moins cinq minutes en leur compagnie; cinq minutes au cours desquelles ils ont été littéralement hypnotisés. Ils ont l'impression d'avoir été des spectateurs. Pendant que Daniel se demande s'il aurait été inapproprié de prendre une photo avec celui qu'on surnommait « Le Magnifique », Annie semble pour la première fois réaliser que son grand frère est un homme respecté dans le monde du hockey.

En ce vingt-huit décembre au matin, on n'entend que le bruit des rondelles qui viennent frapper la rampe à répétition. Il faut dire qu'à huit heures, en cette période des fêtes propice aux excès et au manque de sommeil, la plupart des gens sont toujours au lit. À cette heure-ci, à Louiseville comme un peu partout à travers la province, les Québécois récupèrent pour mieux fêter le Nouvel An, dans quelques jours.

Ça fait déjà une bonne quinzaine de minutes que Félix s'amuse en solitaire sur la patinoire extérieure près de chez lui. Il a failli donner un coup de fil à Carl pour l'inviter à l'accompagner, mais il n'aurait probablement même pas entendu la sonnerie du téléphone. Hier soir, vers vingt-trois heures, quand il est parti de la maison de son meilleur ami, Carl était passablement éméché. Félix n'avait jamais vu son camarade dans cet état. Profitant de l'absence de son père et de sa conjointe, il avait organisé un premier vrai gros party chez lui.

Félix s'est senti coupable d'abandonner Carl. Il y avait chez son copain un tas de gars et de filles qui s'amusaient à caler des *shooters* et à se lancer des défis au *beer-pong* et à *flip the cup*.

Jamais Félix ne s'était retrouvé dans une fête semblable et ça l'inquiétait un peu de voir tout ce monde se promener librement dans les quatre coins de la maison des Lapierre. Quand Simon Doyon a commencé à prendre des photos avec son cellulaire pour les publier sur Facebook, Félix a jugé qu'il était préférable de filer à l'anglaise et il est parti sans saluer personne, pas même son vieux comparse. La seule bonne nouvelle de cette soirée, c'est qu'il a passé deux heures à se faire péter les tympans sans éprouver aucun symptôme postcommotion cérébrale : pas de maux de tête, pas de nausée. C'est pour ça qu'il est si tôt sur la glace ce matin. Il veut maintenant voir comment son corps réagira après un effort physique.

Seul sur la patinoire raboteuse, il a l'impression que ça fait des siècles qu'il n'a pas chaussé les patins comme ça, juste pour s'amuser. Le tourbillon de sa nouvelle vie l'a déjà entraîné dans une foule de péripéties et revenir aux sources lui fait le plus grand bien. À moins que ça soit l'air frais du matin qui oxygène son cerveau ? Quoi qu'il en soit, il est temps de rentrer à la maison. Obligée de suivre ses parents et ses sœurs hier soir chez la grand-mère paternelle, Emma a promis de venir le rejoindre pour déjeuner vers neuf heures trente. D'ailleurs, Félix est bien conscient qu'après une commotion cérébrale, il ne faut pas trop pousser la machine et que l'entraînement doit reprendre graduellement.

Assis sur le rebord de la rampe, l'adolescent retire ses vieux patins devenus beaucoup trop petits. La sensation agréable de sortir ses pieds de cet étau qui le faisait souffrir ne dure que quelques secondes. Enfiler des espadrilles froides est tout aussi déplaisant.

— Pis, fiston, comment ça va ? demande Line en souriant quand Félix gagne la cuisine.

— Tout est comme d'habitude ! Je pense bien que je suis guéri. En tout cas, c'est rien de comparable à la semaine passée. C'est vraiment encourageant. J'ai patiné et lancé des rondelles pendant presque une demi-heure sans rien ressentir, répond Félix en ouvrant la porte du frigo.

— Tu parles d'une bonne nouvelle ! dit-elle avant de prendre une gorgée de café. À quelle heure veux-tu qu'on parte pour Victo ?

— De quoi tu parles, mom ? On va pas voir les Huskies à Victo.

— Comment ça ? T'es bizarre, toi, ce matin ! On n'a rien de prévu aujourd'hui, ton club joue pas trop loin de la maison pis tu ne veux pas aller au match ? Tu ne serais pas mieux d'aller les voir pour faire un suivi sur ta commotion ?

— Ben là… Même si je me sens bien, c'est certain que je ne jouerai pas avant encore une dizaine de jours. Ça ne donne rien d'aller là aujourd'hui. Ils m'ont dit de profiter de mes vacances. Ça veut dire d'oublier le hockey, relaxer, voir mes amis et recharger les batteries pour une grosse fin de saison.

— Je te connais, Félix Riopel, coupe brusquement Line. Je sais très bien ce qui se passe avec toi. Tu ne veux surtout pas aller voir la partie contre les Tigres parce que t'as peur que Cédrick Loiselle dispute un bon match pendant que toi tu seras assis dans les estrades. À un certain moment, va falloir que t'apprennes à mettre ton ego de côté parce que là, ça devient maladif ton histoire avec Loiselle.

— Veux-tu ben me sacrer la paix avec Loiselle ? réplique Félix en haussant le ton.

— Pardon, mon petit gars, riposte Line en montant à son tour la voix. C'est pas parce que t'es rendu dans le junior que tu vas commencer à me manquer de respect. T'as pas d'affaire à me parler comme ça.

— Écoute, mom…

— Non, toi, écoute-moi, j'ai pas fini. Pis à part de ça, j'aimerais vraiment beaucoup que tu parles à ta sœur Véronique et que tu lui demandes pardon. T'es pas son père ni son patron, enchaîne Line. Carl l'avait invitée hier à son party et t'avais aucunement le droit de l'empêcher d'y aller et de lui dire tout ce que tu lui as dit. La vie continue ici

115

depuis que tu es à Rouyn, et Véro a le droit de
sortir comme ses chums de filles.

— C'était pas un party, mom, c'était une beu-
verie.

— Tu ne t'es pas saoulé, toi, hier? Ta sœur n'est
pas pire que toi. Elle serait allée au party pour voir
du monde et s'amuser. Quand je suis revenue de
souper chez Jacqueline, Véro était toute seule devant
la télé et elle avait les larmes aux yeux à cause de ce
que tu lui avais dit. Maudit beau temps des fêtes,
ça. Tu reviens ici après quatre mois et tout ce que
tu trouves à faire, c'est de faire de la peine à ta sœur
et de gueuler après ta mère, termine Line, le trémolo dans la voix.

Félix aurait le goût de crier de toutes ses forces
à sa mère qu'elle n'a aucune idée de ce qui se passe
dans sa nouvelle existence. Il aurait le goût de
monter à l'étage, d'entrer dans la chambre de sa
sœur, de la réveiller et de lui hurler qu'il se fout de
sa vie et qu'elle peut bien aller boire avec des petits
cons. Il aurait le goût de claquer violemment la
porte et de partir à la rencontre d'Emma qui est
sans doute déjà en route vers chez lui. Mais voir sa
mère ainsi le bouleverse et sa rage se dissipe plus
vite qu'elle n'a monté en lui. La brûlure qu'il a
ressentie à l'intérieur est éteinte par un immense
sentiment de culpabilité. Devant le regard de sa
mère blessée, Félix n'a soudainement plus aucune
colère en lui. Il s'approche d'elle et pour la première

fois depuis le décès de son père, il éclate en sanglots dans ses bras. Blotti contre son épaule, il n'a pas besoin de dire un seul petit mot.

Allo Emma, es-tu partie ? ☺

Pas encore. J'aplatis mes cheveux et je pars. ;-)

OK. No rush. Faut que je parle à ma mère. Arrive pas avant 30 stp. Luv u xx

Félix dépose son cellulaire sur le comptoir de la cuisine. Le temps est venu de mettre cartes sur table. À force de s'être entêté à naviguer seul en eaux troubles, il a fini par faire naufrage. Peu importe le jugement qu'elle portera sur ses actions, il décide de raconter toutes ses récentes mésaventures à sa mère. Si elle ne le comprend pas, qui sur terre le pourra ?

8

Line rencontre Richard Caisse

Au volant de la vieille camionnette familiale, le regard fixé sur l'autoroute 55 sud, Félix a la curieuse sensation d'aller directement à l'abattoir. Il n'a pas conduit depuis plusieurs mois et la petite neige poudreuse qui cabriole et virevolte devant lui sous l'effet du vent n'aide en rien à le calmer.

Assise sur le siège du passager, Line n'est pas plus bavarde. La radio qui joue en sourdine est pratiquement enterrée par les gémissements du vieux véhicule et le sifflement du vent qui s'infiltre à l'intérieur de l'habitacle. Vingt-huit décembre, les chansons de Noël sont déjà au rancart sur toutes les chaînes et on a recommencé à faire tourner des succès populaires. Quand elle entend Vincent Vallières entonner *On va s'aimer encore*, Line se penche pour monter le volume. C'est sa chanson préférée. Depuis le décès d'André, au fil des jours, tous les défauts qu'il avait se sont envolés et seuls les souvenirs agréables sont demeurés. C'est pourquoi cet hymne à l'amour la secoue chaque fois qu'elle l'entend et elle ne peut s'empêcher de tout arrêter pour en apprécier les paroles. Elle ne peut pas non plus cesser de se dire que ce drame ne se serait peut-être jamais produit si elle ne lui avait pas proposé cette partie de pêche fatale.

Si son époux n'avait pas sombré dans l'eau glacée du lac Archambault, la situation ne se serait possiblement pas dégradée à ce point avec les Huskies. Maintenant, qu'elle le veuille ou non, c'est à elle seule qu'incombe la responsabilité de défendre les intérêts de ses enfants, et aujourd'hui, ça signifie qu'elle doit se préparer à aller affronter Richard Caisse et Dany Lafrenière pour leur faire entendre raison et leur expliquer qu'ils exagèrent en menaçant de retourner son fils au midget AAA.

— Ça aurait quand même été mieux de leur téléphoner pour les avertir qu'on voulait les rencontrer, mom, réfléchit Félix à haute voix pour rompre un silence qui devient inconfortable.

— Laisse faire les avertissements. Je suis certaine qu'ils vont avoir le temps de nous jaser après le match. Le pire qui peut arriver, c'est que l'autobus les attende cinq minutes pour partir à Sherbrooke. Si ça fait pas, on va les suivre à l'hôtel après la partie.

— Pis mettons qu'ils refusent de te parler? questionne Félix.

— Arrête de te casser la tête. J'espère juste que vous allez gagner! Me semble que ça serait pas mal plus facile de les aborder s'ils sont de bonne humeur!

Fier de l'attitude courageuse de sa mère et surpris par cet appui spontané, Félix n'est quand même pas d'accord à cent pour cent avec la démarche qu'elle entreprend. C'est un peu gênant d'imaginer sa mère solliciter une rencontre avec des dirigeants d'une équipe de la LHJMQ. Lorsqu'il avait essayé de lui expliquer le malaise qu'il ressentait face à cette situation, elle lui avait répondu du tac au tac que c'était son devoir de mère puisqu'il n'avait pas encore d'agent pour représenter ses intérêts. D'ailleurs, elle était consciente qu'il faudrait bien lui dénicher un agent d'ici peu de temps. Elle avait même ajouté qu'ils pourraient en discuter prochainement.

Le souhait de Line est exaucé. Après un gain de cinq à trois face aux Tigres, le climat sera vraisem-blablement plus serein dans l'entourage des Huskies.

Dans le portique de l'aréna, il n'y a pas que Line et Félix qui attendent patiemment. Une trentaine de parents et amis sont également rassemblés à cet endroit pour bientôt pouvoir fraterniser brièvement avec leurs favoris. Seuls dans leur coin, les Riopel ne se mêlent pas au groupe. Un peu embarrassés, ils espèrent même passer complètement inaperçus et se faufiler dans le corridor qui mène au vestiaire sans attirer l'attention.

Timidement, le petit numéro cinquante-sept a déjà demandé à Chico de lui faire signe quand il jugera que le moment sera approprié pour se diriger vers le bureau des coachs afin d'aller solliciter une brève audience. Ne reste qu'à attendre l'instant propice.

— Salut, Félix, lance Bernard Loiselle sur un ton jovial. Pis, ta commotion, es-tu sur le bord de revenir au jeu?

— Bonjour, monsieur Loiselle, répond l'adolescent sans afficher le même enthousiasme. Ça va mieux, mais j'ai pas trop d'idée quand je pourrai revenir exactement. Cédrick a été solide, c'est l'fun, ajoute-t-il pour changer de sujet.

— Pas pire, hein!

Sans même le réaliser, Chico s'amène à la rescousse avant qu'un malaise s'installe. En traversant le hall d'entrée avec des sacs d'équipement, il fait un subtil signe de tête à Félix. C'est le signal que le jeune homme attendait nerveusement.

— Excusez-moi, monsieur Loiselle, j'ai un rendez-vous. À la prochaine.

Hésitant, il se demande encore si ce qu'ils s'apprêtent à faire, sa mère et lui, est vraiment la meilleure chose, quand Line lui donne un coup de coude pour qu'il commence à s'avancer vers le corridor menant aux vestiaires. Il est trop tard pour reculer. Quelle mauvaise idée! C'est certain que Richard Caisse va exploser et lui garder rancune. Il n'aurait pas dû accepter la proposition de sa mère.

Félix et Line essaient de se frayer discrètement un chemin au travers des joueurs qui se hâtent d'aller rencontrer leurs amis et leur famille. De par leur réaction, on devine que personne n'est au courant de la menace qui plane sur le jeune attaquant. Tous ceux qui le croisent le saluent sans poser de questions.

En arrivant devant la petite porte bleue, Félix prend une profonde inspiration. L'inscription «Bureau des entraîneurs» collée sur une plaque de bois confirme qu'ils sont rendus à destination.

— Dire que je pourrais être chez Carl présentement à jouer au Xbox, murmure-t-il à l'instant où il ferme son poing pour frapper à la porte.

— Arrête de niaiser, répond sèchement sa mère sans aucune compassion.

Les jointures de sa main droite heurtent le bois trois fois. Trois coups secs et autoritaires. Personne ne répond. Deux secondes plus tard, Éric Renaud, l'entraîneur des gardiens, ouvre en souriant, une bière à la main. Assis devant un vieux téléviseur, les pieds sur une petite table, Richard Caisse se retourne et lorsqu'il aperçoit le fils et sa mère, son visage le trahit automatiquement. Visiblement, il n'a pas l'air d'apprécier leur apparition dans le cadre de la porte. Ses adjoints Sébastien Mailhot et Pascal Milette sont là eux aussi.

— Salut, coach, lance Félix sans trop de conviction. Je sais qu'on n'a pas pris de rendez-vous et que monsieur Lafrenière m'a dit d'attendre son téléphone, mais ma mère et moi on aimerait ça te parler cinq minutes. Est-ce possible ? demande-t-il pendant que les trois assistants s'éclipsent discrètement à tour de rôle.

— C'est moi qui veux vous voir, monsieur Caisse. Je crois que c'est primordial qu'on se parle et ça ne sera pas long, enchaîne Line sur un ton beaucoup plus ferme sans même attendre la réponse de l'entraîneur-chef.

— On dirait que j'ai pas trop le choix de toute façon, répond Caisse en affichant un rictus intimidant. Assoyez-vous, madame Riopel. Toi aussi Félix, tire-toi une bûche.

— Non merci, répond la mère de famille. Je préfère rester debout. Si mon fils m'a bien raconté son histoire, il est actuellement suspendu et c'est possible qu'il soit rétrogradé au midget AAA parce qu'il était dans l'autobus pour rentrer à la maison, lundi vingt-deux décembre, alors qu'il aurait dû regarder un entraînement, assis dans les estrades.

— C'est effectivement le cas. Toutefois, il y a aussi d'autres événements qui sont survenus depuis le début de la saison avec Félix. C'est la combinaison de tout ça, pas seulement un élément en particulier comme l'histoire de l'autobus, rétorque calmement l'entraîneur-chef. En plus, il connaissait nos règlements d'équipe.

— Y a personne qui a pris en considération que mon fils n'a pas d'auto et que son billet d'autobus était déjà acheté? À l'origine, y avait même pas d'entraînement prévu à l'horaire cette journée-là. C'est ben broche à foin, votre affaire, à Rouyn-Noranda... En septembre, vous lui dites qu'il n'est pas assez bon pour rester avec les Huskies pis la semaine d'après vous changez d'idée. Y a trois semaines, vous l'avez abandonné à Québec avec un journaliste, pis là, faudrait en plus qu'il devine que le coach va ajouter un entraînement stupide la journée où les vacances de Noël doivent commencer. Vous passez votre temps à improviser. C'est pas normal. Là, je pense que vous avez exagéré en suspendant mon gars pour ça. Il a seize ans, il veut jouer et il est plein de bonnes intentions, lance-t-elle d'un air convaincu.

— Je comprends ce que vous dites, madame Riopel. Par contre, il faut savoir qu'il y a souvent des éléments extérieurs qui viennent changer nos plans, interrompt Caisse poliment.

— Laissez faire les éléments extérieurs pis vos histoires. Mon mari est mort et je m'arrange toute seule pour m'occuper de mes enfants. Je n'ai pas les moyens d'acheter deux fois un billet d'autobus simplement parce que vous êtes frustré ou fâché après vos joueurs. Félix n'a jamais trahi son club. Il a peut-être fait une erreur et il le sait. C'est la première fois de ma vie que je viens rencontrer un coach pour parler d'un problème avec mon gars et si je me permets de le faire c'est parce que je trouve que vous dépassez les bornes. Vous auriez pu le suspendre, mais de là à le menacer de le renvoyer dans les rangs du midget AAA, je trouve ça illogique, conclut Line en s'arrêtant finalement pour reprendre son souffle.

— Moi aussi, c'est la première fois que je rencontre une mère qui vient me chicaner, se contente-t-il de répondre avec un regard indiquant clairement qu'il ne badine pas. Quand on s'est vus, y a deux semaines, dans mon bureau, Félix, me semble que j'avais été très clair quand je t'ai dit que je ne voulais plus entendre parler de toi, poursuit Caisse en jetant un œil inquisiteur vers la recrue.

— Oui, coach… J'ai pas pensé une seconde que ça serait grave de partir sans me présenter à l'aréna pour l'entraînement, se contente-t-il de plaider. En tout cas, je trouvais ça important de venir ici ce soir pour m'excuser en personne.

— Je vais reparler de tout ça avec Dany demain. Y a aucune décision définitive de prise, surtout qu'on travaille actuellement sur une grosse transaction pour aller chercher un bon joueur européen pour remplacer Matejovsky, et ça, ça veut dire que ça risque de bouger pas mal d'ici une semaine. La seule chose que je peux te dire, c'est que j'apprécie ta visite, Félix. T'as agi en homme en venant ici pour t'expliquer avec ta mère. Merci, madame, d'avoir pris le temps de vous déplacer à Victoriaville… Mais ne me dites plus une seule autre fois que je suis mal organisé ou que mes affaires sont broche à foin. Vous n'avez aucune idée de la réalité avec laquelle on compose.

Quand Félix quitte le bureau exigu réservé aux entraîneurs de l'équipe visiteuse, il laisse échapper un long soupir de soulagement. Tout s'est déroulé beaucoup mieux qu'il ne l'avait prévu. Même s'il n'a rien promis du tout, Richard Caisse semble avoir fait preuve d'une certaine ouverture et il paraît même avoir apprécié leur démarche.

Assis à son bureau à la maison, Dany Lafrenière en est déjà à son troisième café quand son téléphone vibre. Toujours insomniaque à cette période-ci de la saison, il est debout depuis quatre heures trente. Tout en regardant le couple de geais bleus qui se pose dans la mangeoire à l'arrière, il effleure maladroitement les journaux et les notes éparpillées à la recherche de son portable qui résonne une seconde fois. Pas de surprise, c'est son entraîneur qui lui écrit.

> J'ose pas t'appeler si tôt. Téléphone-moi quand tu peux. Faut que je te parle de Loiselle, Riopel pis Gagné.

À cette heure, toute la maisonnée dort encore profondément. Avant de contacter son entraîneur, le directeur général des Huskies ferme la porte de son bureau et allume son ordinateur. C'est officiellement le début de sa journée de travail.

Si Caisse néglige volontairement de lui parler de sa rencontre avec Mario Lemieux, il n'oublie aucun détail de sa conversation de la veille avec Félix et sa mère. Satisfait par ce *mea culpa*, il plaide pour le retour du jeune, puis il revient sur la très bonne soirée de Loiselle.

— Écoute, Dan, si on monte l'autre *kid* avec nous pour finir l'année à la défense, ça va te donner la chance de pouvoir passer Gagné dans un échange. J'te dis pas de le mettre tout de suite sur le marché, par contre il faut que tu considères que Loiselle, c'est le jour pis la nuit avec ce qu'on a vu en septembre. On va voir comment il va aller ce soir à Sherbrooke, mais nos dépisteurs avaient raison. Il est vraiment en meilleure forme et son coup de patin s'est nettement amélioré.

— Tu trouves pas qu'on a assez de trouble comme ça avec Riopel ? Le *kid* est plein de bonne volonté, pis reste quand même qu'à lui seul, il représente autant de gestion que tout le reste du club. C'est ça le problème avec les petits gars de seize ans. Imagine si on en a deux pour finir l'année, rétorque Lafrenière.

— Riopel a eu sa leçon, je pense. Dans le passé, on a déjà réussi à casser des petits garnements qui n'étaient pas sérieux. Lui, il veut jouer au hockey et il veut être le meilleur. Pis le gros à la défense, il sait qu'il n'a pas le choix de marcher dans les rangs.

— C'est clair qu'en gardant les deux, on a plus de latitude pour gagner le derby Kovtawsky… pis je pense qu'on a de maudites bonnes chances de mettre le grappin dessus, renchérit Lafrenière. Si on va le chercher, celui-là, on a quasiment notre billet pour la Coupe Memorial. En plus, on sera peut-être même pas obligés de garder les deux gars de seize ans, car le téléphone sonne souvent pour Riopel et Loiselle.

— Pardon? lance Caisse. On s'est entendus en septembre que tu ne toucherais pas à Riopel. Ça va nous prendre du monde pour *scorer* des buts l'an prochain.

— Je vais essayer de le garder, mais je t'avertis, fais pas le saut si le *kid* se retrouve dans un *package deal*. Au pire, je vais l'inclure dans les considérations futures, pis il va pouvoir nous aider pour finir l'année.

— Ça veut dire que t'es d'accord toi aussi pour lever sa suspension et ne pas le retourner au midget?

— Ben oui! Je suis d'accord. Pour moi, il n'a jamais été question que je le renvoie vraiment au midget AAA. C'était juste pour l'effrayer! C'est toi Rick qui ne voulait plus rien savoir de lui avant la pause des fêtes. Si je suis obligé de l'échanger, on va le faire jouer le plus tôt possible pour montrer qu'il est bien guéri. Sinon, on va le laisser chez lui pour qu'il prenne le temps de se rétablir pour vrai, et pendant ce temps-là, il va continuer de mariner dans ses remords!

9

Grosse transaction
à Rouyn-Noranda

Bien au chaud, recroquevillé sous ses draps, Félix dort profondément dans sa chambre à Louiseville. La brève rencontre de la veille avec Richard Caisse l'a convaincu que les Huskies allaient sûrement lui donner une autre chance, et cette fois, il a l'intention de se racheter dignement.

La conversation honnête qu'il a eue avec sa mère lui a aussi fait le plus grand bien. Dorénavant, il n'essaiera plus de toujours lui montrer la face dorée des choses pour qu'elle ne s'inquiète pas. Sa façon franche et directe de monter aux barricades l'a impressionné, mais surtout rassuré. D'ailleurs, sur le chemin du retour, il s'est dit que bien des agents de joueurs auraient peut-être bégayé en affrontant l'entraîneur-chef des Huskies comme sa mère l'a fait.

— Ouais… y en a qui font la grasse matinée, susurre Emma à l'oreille de son amoureux qui ne bronche pas.

En se pointant chez les Riopel à dix heures, la jeune fille était pourtant persuadée de surprendre Félix en train de dévaliser le réfrigérateur. Dans la cuisine, elle n'avait trouvé qu'une petite note sur le comptoir.

Bonjour, mon homme. Je suis partie avec Véro à Trois-Rivières pour échanger son cadeau de Noël. De retour pour dîner. xx

La belle Colombienne ne pouvait espérer meilleure nouvelle! Doucement, en évitant de faire craquer les marches, elle est descendue au sous-sol pour ensuite s'introduire dans la chambre de Félix à pas feutrés et se glisser délicatement près de lui sans faire le moindre bruit.

— Féfé, ta blonde a marché vingt minutes dans le froid pour venir te rejoindre, ajoute-t-elle en lui mordillant une oreille et en lui en caressant l'épaule.

— Féfé… tu viens de m'appeler Féfé, répond le principal intéressé en se tournant vivement vers Emma pour la renverser et se positionner au-dessus d'elle en la plaquant solidement contre le matelas et en fronçant sévèrement les sourcils.

— Ben, quoi? Faut que je trouve un moyen de te réveiller. Il est dix heures pis tu dors encore, gros paresseux, répond-elle avec un sourire étincelant. Oh, j'ai peur. Arrête de me faire tes yeux méchants, poursuit-elle avant de l'agripper pour l'embrasser passionnément.

Quand Line rentre à la maison, les deux tourtereaux terminent leur petit-déjeuner. Comme c'est toujours le cas lorsque Félix et Emma se préparent à manger, le comptoir de la cuisine ressemble à un véritable champ de bataille. Tandis qu'elle dépose ses sacs, un coup d'œil furtif lui permet de recenser une boîte de céréales, un pot de beurre d'arachides, un pot de confiture aux framboises, un sac de pain, un deux litres de lait, une pelure de banane, une bouteille de jus d'orange, le récipient pour le sucre ainsi que deux assiettes, deux verres et des ustensiles sales. Le moment n'est pas approprié pour commencer à leur faire une autre leçon sur le sujet. La mère de famille décide de garder le sourire… Et de passer l'éponge, dans tous les sens du terme !

Pendant que Line se prépare un café en bavardant avec son fils et sa dulcinée, Véronique rejoint le groupe en chantant. Ce n'est peut-être qu'un mirage temporaire, mais les tensions de l'été semblent à des années-lumière. Félix taquine sa sœur amicalement et, plus surprenant encore, Emma lui offre son aide pour nettoyer. Line aimerait capturer cet instant et le figer dans le temps.

— T'es trop de bonne humeur, Félix, il se passe quelque chose d'anormal avec toi ! commente la mère de famille en riant. Est-ce que les Huskies ont téléphoné? demande-t-elle sans entrer dans les détails puisqu'il lui a fait jurer de garder le secret.

— Non, mais ça ne saurait tarder, mom. D'après moi, ils vont me demander de me rapporter à Rouyn-Noranda quand le club va revenir à la maison, après la petite pause du jour de l'An. En plus, je commence à les connaître, j'ai l'impression qu'ils vont attendre à la dernière minute, juste pour me garder sur les nerfs et me faire réfléchir. Ils ne seront jamais assez niaiseux pour me retourner midget. Ils savent qu'ils ont besoin de moi pour gagner, conclut Félix sous le regard interrogateur de sa bien-aimée.

Pendant que Félix rattrape le temps perdu avec les siens, la routine continue pour ses coéquipiers des Huskies. Le vingt-neuf décembre, disputant un deuxième match en vingt-quatre heures, la bande à Richard Caisse dispose du Phoenix de Sherbrooke six à quatre alors que le capitaine Marc-Olivier Laflamme connaît sa meilleure partie de la saison grâce à une récolte de quatre buts.

Même s'il place son club dans l'embarras avec une punition de quatre minutes pour bâton haut en milieu de troisième période, Cédrick Loiselle tire encore très bien son épingle du jeu.

Le trente et un, dans une rencontre présentée à treize heures à Boisbriand, les Rouynorandiens se sauvent avec un triomphe de trois à deux acquis difficilement en tirs de barrage. Vedette individuelle de cette joute, le gardien Dean Perron est époustouflant devant la cage des Huskies tandis que Mathieu Archambault et le jeune costaud de dix-sept ans, Dylon Vanelli, récoltent un but et une passe chacun.

Comme Éric Boisvert ne sera pas de retour des championnats du monde junior avant au moins une semaine, Loiselle reste à bord de l'autobus qui met le cap vers Rouyn-Noranda, immédiatement après l'affrontement face à l'Armada. Vanelli, rappelé des rangs juniors AAA, demeure également avec la formation puisque l'attaquant tchèque Milan Isner est aussi en Finlande pour représenter son pays à ce prestigieux tournoi. Le prochain rendez-vous des Huskies n'est prévu que pour le quatre janvier et comme c'est le cas chaque année, les joueurs sont autorisés à célébrer avec leur famille à condition de se rapporter à temps pour la séance d'entraînement du trois janvier, à seize heures. Loiselle, le joyeux fêtard, préfère demeurer à bord afin d'éviter les tentations de la Mauricie, car plusieurs soirées festives sont à l'horaire au sein de son groupe d'amis.

> Salut Rippy! Es-tu à Rouyn? J'arrive ce soir avec le club.

> Content pour toi que tu restes. Je suis encore à Louiseville.

> On fête où le 31 au soir à Rouyn? ☺

> Sais pas. Demande à Bouchard ou Cholette.

> Tu reviens quand avec le club?

> Quand je serai guéri… sais pas quand. ☹

Alors que l'autobus s'engage dans le parc de La Vérendry, Dany Lafrenière raccroche son téléphone après un long entretien de cinquante minutes avec son homologue Jeffrey Dunlop, le directeur général des Screaming Eagles du Cap-Breton. Exténué mais satisfait, il se frotte les mains en regardant l'horloge qui indique à peine dix-huit heures. Les négociations se sont terminées plus tôt qu'il ne l'espérait et il sera bientôt en mesure de rejoindre son épouse Suzanne, déjà arrivée chez leur fille Anouk à qui elle donne un coup de main précieux. Leur fille a décidé de recevoir toute la famille pour un fastueux souper avant de célébrer la nouvelle année en sablant le champagne à minuit.

Ce n'est pas la première fois que Lafrenière transige avec Dunlop, mais cette fois, le patron des Huskies vient de réaliser un coup fumant. Fier d'avoir damé le pion aux Remparts et aux Wildcats, il se déplace vers la cuisine en gardant son sourire de conquérant pour aller se chercher une bière. Une fois rendu au frigo, il change d'idée et va fouiller dans son modeste cellier qui ne contient aucun grand cru, mais qui est quand même toujours bien rempli à cette période de l'année. Le boulot presque terminé, il peut enfin, à son tour, commencer à fêter un peu!

Après s'être versé un verre de rouge, soulagé d'avoir pu régler cet épineux dossier comme il le souhaitait, Lafrenière pousse un long soupir de satisfaction. Une tonne de pression vient de disparaître, et en plus, il a le sentiment d'avoir manœuvré habilement afin de fournir toutes les armes nécessaires à Richard Caisse pour mener les Huskies aux plus grands honneurs. Si tout se déroule comme prévu, il va passer pour un homme brillant et si le château de cartes s'effondre comme il y a quatre ans, l'entraîneur-chef sera vraiment le seul à blâmer. Lafrenière saisit sa coupe à moitié vide d'une main et la bouteille de l'autre pour retourner finir le travail dans son bureau. Dans trente minutes, tout sera officialisé. Il pourra sauter dans la douche et aller rejoindre le reste de la famille pour fêter chez sa fille. L'année va se terminer en beauté!

Jeffrey Dunlop a toujours joué franc jeu et respecté chacun de ses engagements. Habituellement, avec un type comme lui, le trente et un décembre, une entente verbale aurait été suffisante et les détails auraient été réglés le lendemain auprès des instances de la LHJMQ. Cette fois, l'enjeu est capital et ils ont convenu d'un commun accord de coucher l'entente sur papier et d'acheminer les documents le plus rapidement possible à la ligue.

Le directeur général des Huskies savoure paisiblement une gorgée de vin, prend son stylo et commence à remplir le document confirmant la transaction avec les Screaming Eagles.

Rouyn-Noranda cède son prochain choix de première ronde, le joueur de centre de dix-huit ans David Labelle, ainsi que le défenseur de dix-sept ans Tommy Gagné et des considérations futures, ci-dessous mentionnées, aux Screaming Eagles en échange de l'attaquant russe de dix-neuf ans Dmitri Kovtawsky.

Voici ce qu'impliquent les considérations futures qui s'appliqueront le vingt juin prochain: si les Huskies terminent parmi les cinq premières équipes au classement général de la LHJMQ, le défenseur de dix-huit ans Justin Bishop sera cédé aux Screaming

Eagles. En plus, si les Huskies se qualifient pour le tournoi de la Coupe Memorial, l'attaquant de dix-huit ans Joey MacIntosh sera cédé aux Screaming Eagles avec le choix de troisième ronde du prochain repêchage. Si les Huskies remportent la Coupe Memorial, l'attaquant de seize ans Félix Riopel sera aussi cédé. Comme à l'habitude, les détails concernant ces considérations futures demeurent confidentiels entre les parties impliquées.

Comme convenu avec Jeffrey Dunlop, après approbation de la ligue, les deux équipes annonceront la première partie de cette nouvelle en conférence de presse, à la même heure, le deux janvier.

Ravi, il relit minutieusement sa lettre, ajoute le lieu, l'heure et la date. Il l'imprime sur le papier officiel de l'équipe, appose sa signature et se dirige vers le vieux télécopieur qui ne sert maintenant plus que pour officialiser ce genre d'entente auprès de la LHJMQ.

En attendant la confirmation de réception de la télécopie, il jette sereinement un petit coup d'œil à ses récents courriels. Deux directeurs généraux qui lui avaient écrit plus tôt dans la journée pour s'enquérir de la disponibilité d'un joueur viennent tout juste de le relancer dans les dernières minutes. Pour le moment, l'heure est à la fête avec la famille. Il leur répondra demain pour leur annoncer qu'il est trop tard. Le joueur qu'ils convoitaient tous les deux, Félix Riopel, vient déjà d'être inclus dans une transaction.

Le bruit strident du télécopieur le fait sursauter. C'est Dunlop qui vient de lui transmettre la copie du document qu'il a fait parvenir à la ligue. Lafrenière allait oublier de lui envoyer la sienne… Comme il allait oublier d'appeler Caisse pour l'informer de la grande nouvelle. Il faut croire qu'il a déjà l'esprit à la fête.

10

L'arrivée fracassante
de Kovtawsky

Assis près d'Emma, Félix se délecte d'une deuxième assiette. Ce n'est pas vraiment qu'il ait encore faim, mais son « beau-père » a tellement insisté, qu'il a fini par en avoir marre de se faire demander à répétition s'il était réellement rassasié ou s'il n'aimait pas les plats de madame Cortez. Ça devenait même un peu gênant devant tous ces oncles, tantes, cousins et cousines d'Emma.

Il est déjà venu festoyer chez les parents de son amoureuse et il connaît les habitudes de la maison. Toutefois, c'est la première fois qu'il célèbre la venue de la nouvelle année avec la famille originaire de Colombie. Si Emma et ses sœurs n'ont pratiquement aucun accent puisqu'elles sont arrivées au Québec très jeunes, ce n'est pas le cas de leurs parents ni des autres adultes rassemblés dans cette maison de Louiseville. Et Karla, la grand-mère maternelle d'Emma, ne parle que l'espagnol.

Installé en retrait, près du salon, à une table d'appoint avec Emma, ses sœurs et leurs deux cousins d'Ottawa, Félix a l'impression d'assister à un spectacle. Hier soir, sa grand-mère accueillait les convives en jouant de la cuillère au son de la Bottine Souriante, alors qu'aujourd'hui, chez les Cortez, tout le monde parle espagnol. La pauvre Emma passe le plus clair de son temps à lui traduire toutes ces blagues qui font rire aux éclats son père Manuel et ses oncles.

— T'es certain que tu ne t'ennuies pas trop avec ma famille de bizarres? murmure Emma à l'oreille de Félix.

— Pas du tout! Au contraire, je me sens choyé de voir comment vous fêtez et ça fait changement des rigodons! En plus, tes oncles et tes tantes se forcent toujours pour me parler en français quand ils m'adressent la parole, répond Félix pour la rassurer.

Comme il termine sa phrase, il sent son cellulaire vibrer dans sa poche arrière. Les règles sont très strictes chez les Cortez. Quand la famille est à table, la terre arrête de tourner. Personne ne parle au téléphone. Personne n'envoie de message texte. Personne n'écoute son iPod. Malgré tout, Félix ne peut s'empêcher de défier l'autorité et de regarder qui essaie de le joindre le premier janvier à midi trente. C'est assurément sa mère.

— Excuse-moi, beauté, mais il faut absolument que je sorte de table. Je viens de manquer un appel de mon directeur général. Je dois le rappeler tout de suite, explique-t-il à Emma pour justifier son départ rapide.

— *Felix tiene una llamada muy importante. No te enojes por favor, es su jefe que lo llama*, lance Emma à son père en espagnol pour s'assurer que toute la famille comprendra bien ce qu'elle dit.

— *De acuerdo mi niña bonita. No ay ningun problema. No se lo digas, pero estimo mucho a tu Felix*, rétorque ce dernier en provoquant un éclat de rire généralisé.

— Qu'est-ce que vous venez de dire Emma? J'ai entendu mon nom, demande Félix.

— Absolument rien d'important. J'ai juste dit à mon père que tu vas nous quitter quelques instants pour parler à ton patron et que c'est important.

— Et lui, qu'est-ce qu'il a dit pour que tout le monde parte à rire? Il a ri de moi, n'est-ce pas? interroge-t-il, un peu offensé.

— Au contraire! Il a dit qu'il t'aimait bien, mais qu'il ne fallait pas te le dire! Prends ton manteau au moins, s'il te plaît, a-t-elle à peine le temps d'ajouter avant qu'il se précipite vers la porte en souriant sous les applaudissements du groupe.

Loin des éclats de rire de la famille Cortez, Félix compose avec nervosité le numéro de téléphone de Dany Lafrenière qui n'a curieusement pas laissé de message. Le grand patron n'a sûrement pas essayé de le joindre pour lui souhaiter bonne année. Il n'y a que deux options. Il va lui demander de revenir à Rouyn-Noranda ou il va exécuter sa menace et le rétrograder avec son équipe midget AAA.

— Bonjour, monsieur Lafrenière, c'est Félix Riopel! Vous avez essayé de me téléphoner. Excusez-moi, j'ai pas été assez vite pour répondre.

— Salut, Félix. Je ne t'ai pas laissé de message, parce que je me suis dit que tu devais être dans un party de famille à cette heure-ci. Comment ça va, ta commotion?

— Je suis complètement guéri. Je me sens bien depuis une bonne semaine. Je suis même allé patiner un peu au parc et je n'ai eu aucun symptôme, répond Félix, encouragé par le ton cordial de Lafrenière.

Félix aurait le goût d'ajouter que la dernière fois qu'il s'est senti mal, c'est quand il a reçu son appel dans l'autobus le vingt-deux décembre, mais il calcule que la blague risquerait de mal passer... Surtout que son sort n'est pas encore réglé.

— Je suppose que tu as hâte de savoir pourquoi je t'appelle? demande Lafrenière.

— C'est certain. C'est pour ça que je vous ai rappelé tout de suite. Je suis en train de virer fou à force de ne penser qu'à ça, ici à Louiseville.

— J'ai parlé avec Richard. Il a plaidé ta cause en raison d'un manque de maturité. En plus, il a énormément aimé ta visite à Victo avec ta mère. C'est important dans la vie d'être capable de reconnaître ses erreurs. Y a personne qui est parfait, mais y en a un paquet qui pensent l'être! Vu que t'as juste seize ans, on va te donner une chance… Une autre, une dernière, précise Lafrenière. On a un entraînement le trois à seize heures. Richard et moi on va te rencontrer dans son bureau, deux heures avant. Habille-toi propre pour venir à l'aréna, on va avoir une grosse conférence de presse à quinze heures et tous les gars de l'équipe devront être là.

— Merci, monsieur Lafrenière. J'ai eu ma leçon et je vous jure que vous ne le regretterez pas, répond Félix avec enthousiasme sans toutefois oser demander ce qui se passera de si important dans deux jours.

Avant de rejoindre Emma et sa famille, Félix prend trente secondes pour avertir sa mère et Carl.

> Lafrenière vient de me téléphoner. Je retourne à Rouyn demain. Réunion le 3 à 14 h. Tout est beau!!!

Félix Riopel@Rippy57

Back to Rouyn tomorrow. Can't wait to see the guys!

Son purgatoire est terminé. Demain à la même heure, il sera assis dans l'autobus en direction de Rouyn-Noranda et il ne sera plus question de se mettre les pieds dans les plats.

La conférence de presse est prévue dans une trentaine de minutes et déjà le hall d'entrée de l'aréna Iamgold est plein à craquer.

Il faut dire que la nouvelle a commencé à circuler la veille et la venue de Dmitri Kovtawsky à Rouyn-Noranda est devenue un secret de polichinelle. À tel point qu'en milieu de soirée, Gabriel Gauthier attendait le jeune prodige à l'aéroport et la photo de son arrivée en sol abitibien s'est propagée à la vitesse de l'éclair sur Internet. Un beau coup de la part du journaliste… Même si Richard Caisse lui avait refilé l'information en guise de remerciement pour son silence dans le dossier Riopel après sa commotion cérébrale.

Depuis le début de la journée, les experts de toutes les villes de la LHJMQ encensent les Huskies pour ce coup de maître puisqu'ils vont compenser le départ de Pavel Matejovsky sans trop affecter leur formation pour la fin de la saison. Le seul point d'interrogation : quelles seront les compensations à venir ? Et là-dessus, chacun a son opinion.

Pendant que les reporters, les membres de l'organisation et quelques commanditaires importants commencent à attaquer le buffet en attendant la conférence, Dany Lafrenière prend la parole dans le vestiaire, loin des regards indiscrets.

— Vous en aviez probablement entendu parler à travers les branches et vous connaissez Dmitri Kovtawsky, lance le directeur général en pointant le nouveau venu. Les gars, je dois vous avouer qu'on est très fiers d'avoir un joueur d'impact comme lui pour finir l'année. C'est triste de devoir se départir de deux gars qui étaient très aimés dans le vestiaire, mais on pense qu'on a maintenant toutes les pièces du casse-tête pour atteindre notre objectif, soit gagner la Coupe Memorial. Selon ce qu'on va faire d'ici la fin de la saison et en séries, y a d'autres gars qui vont partir pour compléter l'échange plus tard. C'est surtout de ça qu'on veut vous parler aujourd'hui. C'est la *business* et vous le savez. Vous allez entendre toutes sortes de rumeurs ridicules et plusieurs noms vont sûrement circuler à gauche et à droite. Ça ne sera peut-être pas facile, mais occupez-vous pas de ça.

— L'important, c'est le groupe qui est ici aujourd'hui. C'est ce groupe-là qui va devoir aller à la guerre jusqu'à la fin du mois de mai, enchaîne Richard Caisse en levant le poing et en crispant le visage. Ensemble, on a la chance de réaliser quelque chose de grand. On s'en fout de ce qui va arriver l'an prochain et de qui va partir et qui va rester. Si on gagne la Coupe Memorial, les gens vont toujours se souvenir d'une seule chose, c'est que vous étiez un *winner*, un membre des Huskies. Perdez pas de temps à spéculer et à essayer de deviner qui sont les gars des considérations futures parce que si je vois que ça se produit, vous allez devenir mes considérations présentes… Et vous voulez pas que ça vous arrive, j'pense!

Malgré le faciès menaçant et le ton intimidant de Caisse, son avertissement résonne plutôt comme une excellente plaisanterie et tous les joueurs s'esclaffent joyeusement. Même Kovtawsky, qui ne comprend que quelques mots de français, semble avoir saisi l'essence du propos.

Après la conférence de presse, la totalité des journalistes et presque tous les dignitaires demeurent à l'aréna pour ne pas rater les premiers coups de patin du nouveau venu. Chico, qui a vu neiger depuis toutes ces années comme préposé à l'équipement, suggère à Kovtawsky de sauter le premier sur la patinoire.

— C'est quoi ton surnom? *What's your nickname?* demande-t-il au joueur russe.

— *Me? No nickname, sir!*

— C'est ça que je pensais. C'est trop long à dire, Kovtawsky, pis c'est compliqué. On va t'appeler Kovy, pareil comme Alex Kovalev. OK? *Now, we gonna call you Kovy, like Kovalev your russian fellow?*

— *Yeah... I like it! It's good,* se contente de répondre le joueur avec un très large sourire avant de se diriger vers la glace en courant sous les flashes des photographes.

D'entrée de jeu, sans aucune surprise, Caisse place la nouvelle acquisition des Huskies au centre du premier trio en compagnie de Mathieu Archambault et de Milan Isner. Pour le moment, ce n'est qu'un test, car Isner n'a jamais été ailier auparavant et l'entraîneur aimerait évaluer comment les deux Européens vont s'entendre sur la patinoire.

L'attaquant de puissance de vingt ans, Xavier Neveu, est celui qui écope en se retrouvant sur le deuxième trio où il rejoint le capitaine Marc-Olivier Laflamme et le prometteur Joey MacIntosh qui devrait être sélectionné au prochain repêchage de la LNH.

Mathis Lecours, qui pivotait la seconde unité offensive, est rétrogradé sur le troisième trio où il prend la place de David Labelle aux côtés de Murray Wilkinson et Raphaël Bouchard. Reste Zachary Webster, Jonathan Léveillé et Dylon Vanelli sur le dernier trio avec Simon Proulx comme réserviste.

Debout dans le corridor qui relie le vestiaire et le banc des joueurs, Félix regarde l'entraînement, impatient de rejoindre le groupe, peu importe le rôle qui l'attendra à son retour au jeu. Déjà que les Huskies formaient l'une des puissances du circuit, ils seront dorénavant difficiles à battre avec Kovtawsky dans leurs rangs. Dans les gradins, les journalistes et environ deux cents fidèles partisans se disent exactement la même chose que lui.

Une heure plus tard, la nouvelle vedette de l'Abitibi livre ses commentaires aux médias à la suite de sa première séance d'entraînement avec ses coéquipiers. Négligés lors de la conférence de presse, les jeunes Cédrick Loiselle et Dylon Vanelli qui sont officiellement rappelés de façon permanente avec le club se retrouvent aussi sous les feux des projecteurs.

Dans un anglais hésitant, Kovtawsky explique qu'il a laissé beaucoup d'énergie en Finlande dans la déconfiture de la Russie au Championnat du monde junior. Questionné sur mille et un sujets, il raconte ensuite que ses idoles sont Evgeni Malkin ainsi que Daniel Alfredsson et que Jonathan Toews l'a emmené souper au dernier camp d'entraînement des Blackhawks. Dans son coin, le gros défenseur de Trois-Rivières, appuyé sur son casier, explique à un journaliste de la radio abitibienne Capitale Rock qu'il a travaillé avec acharnement pour revenir avec les Huskies le plus rapidement possible. Au même instant, à l'abri des regards, le petit numéro cinquante-sept pose la lame de ses patins sur la glace.

Roger, le bon vieux conducteur de la Zamboni, n'a effectué que la moitié de la besogne, mais Félix n'en peut plus d'attendre. Cinq minutes plus tard, le thérapeute Alain Leduc le rejoint pour le soumettre à une série d'exercices. La recrue ne semble souffrir d'aucune séquelle de sa commotion cérébrale. Il ne reste donc qu'à rencontrer le docteur Séguin, le médecin de l'équipe. S'il obtient le feu vert de ce dernier, il pourra graduellement reprendre l'entraînement et retrouver sa place dans la formation d'ici environ une semaine.

Choix de première ronde des Blackhawks un an et demi plus tôt, Kovtawsky a jonglé avec l'idée de choisir le numéro dix-neuf en l'honneur de Jonathan Toews ou le quatre-vingt-huit pour l'électrisant Patrick Kane, mais il n'a pas voulu renier son joueur fétiche, Evgeni Malkin des Penguins, et c'est la raison pour laquelle il arbore fièrement le numéro soixante et onze. Quand il saute sur la patinoire pour sa première présence face au Rocket de l'Île-du-Prince-Édouard, le joueur de centre de six pieds trois, que certains osent comparer à Vincent Lecavalier, a droit à une ovation monstre.

Sur le site Internet de *L'Abitibi Express*, Gabriel Gauthier l'a même surnommé « Le Sauveur russe » et les attentes sont énormes à son endroit. Assis dans la dernière rangée, dans un des coins de l'amphithéâtre, en compagnie du défenseur Allan Lavoie, Félix en a la chair de poule.

Félix Riopel @Rippy57

Accueil délirant pour Kovtawsky à Rouyn. Incroyable! Le toit va lever! #Huskies #LHJMQ

Il faut dire que Félix flotte sur un nuage depuis le début de la journée. Après avoir reçu la bénédiction du médecin de l'équipe pour renouer avec l'action, il a ensuite pris part à l'entraînement matinal. Même s'il lui est interdit de participer à des exercices avec contact avant trois jours, c'est la première fois en près d'un mois qu'il chaussait les patins en compagnie de ses coéquipiers. Seule ombre au tableau : Richard Caisse ne lui a pas adressé la parole et n'a même pas jeté un seul petit coup d'œil en sa direction, alors que tous les entraîneurs adjoints sont venus le saluer et lui souhaiter un bon retour. Mais ce n'est guère surprenant et c'est beaucoup mieux ainsi de toute façon.

Pour cette entrée en scène, Kovtawsky se fait plutôt discret. Même s'il n'offre pas une grande performance, il obtient néanmoins une mention d'aide en préparant le but de Justin Bishop en avantage numérique, en milieu de troisième période. Kovy voit le vétéran de vingt ans Xavier Neveu lui voler la vedette alors qu'il s'illustre avec un tour du chapeau à la Gordie Howe en récoltant un but, une passe en plus d'être impliqué dans une bagarre. Ainsi, les Huskies signent un quatrième triomphe consécutif, cette fois par la marque de trois à zéro. Utilisé sporadiquement depuis le début de la saison, le gardien auxiliaire de dix-huit ans Francis Ouellette signe son premier jeu blanc en carrière dans la LHJMQ.

Deux jours plus tard, la nouvelle coqueluche des partisans démontre son savoir-faire de façon magistrale lors de la visite du Titan d'Acadie-Bathurst. Plus reposé et ayant profité de quelques séances d'entraînement avec sa nouvelle bande, Kovtawsky orchestre plusieurs savantes pièces de jeu et termine sa soirée avec un but et deux passes. Même si les manœuvres inusitées de Kovy désarçonnent à l'occasion ses compagnons de trio, la chimie semble vouloir s'installer avec Milan Isner et Mathieu Archambault. Rouyn-Noranda dispose du Titan cinq à trois et signe du coup un cinquième gain d'affilée.

Au cours de cet affrontement, Cédrick Loiselle enregistre son premier but en carrière dans le circuit, résultat d'un tir du poignet. La rondelle se fraie un chemin à travers la circulation dense qui obstruait la vue du gardien adverse. Quand le lancer du défenseur de Trois-Rivières touche la cible et que la lumière rouge scintille derrière le filet, Félix est incapable de se réjouir. Il a beaucoup de mal à croire que ce prétentieux sans cervelle ait pu se transformer en gentleman et joueur d'équipe en seulement quelques mois. Si tout le monde dans le vestiaire n'a que de bons mots à son égard, Félix préfère encore demeurer sur ses gardes et continuer à se méfier de lui.

11

La rédemption de Félix

De retour à Rouyn-Noranda depuis à peine une semaine, Félix a vite repris son rythme de vie habituel. L'école et le hockey occupent à nouveau la majeure partie de son temps, mais, comble de malheur, Cédrick Loiselle s'est immiscé dans ces deux sphères importantes de sa vie. Heureusement, les Huskies ne lui ont pas assigné la maison de la famille Casault, où Félix demeure encore le seul pensionnaire cette saison. À un certain moment, il avait intérieurement souhaité que la chambre vide accueille Kovtawsky, mais finalement c'est une très bonne chose que l'organisation l'ait placé chez les Arsenault avec Isner et Webster. Si le nouveau venu s'exprime avec une grande éloquence sur la glace, il se montre généralement froid, distant et ennuyant une fois son uniforme retiré.

C'est ce que Félix vient d'expliquer en détail au téléphone à Carl, en ce rare vendredi soir de congé. Après avoir participé à des entraînements réguliers hier et aujourd'hui, il devrait en théorie effectuer son retour au jeu demain lors du passage des Voltigeurs de Drummondville en Abitibi. Étendu tout habillé sur son lit, il regarde l'heure et constate qu'il est maintenant trop tard pour rejoindre Emma, car ce soir elle chante avec les garçons de son groupe de musique et elle est sans doute présentement très occupée à se préparer. C'est du moins ce qu'il se plaît à supposer. En réalité, il n'a aucunement l'intention de contacter son amoureuse, car dans quelques minutes à peine, l'adorable Bianka Vachon va lui envoyer un texto pour lui dire qu'elle est garée devant la résidence des Casault.

Même s'il ne s'agit que d'une sortie entre amis, l'attaquant des Huskies a la sensation de trahir sa blonde et il aimerait avoir le courage de tout annuler. En même temps, il ne peut absolument pas résister à la tentation de passer une soirée avec cette fille si séduisante et tellement drôle. Bien qu'il aime profondément Emma, il ne peut chasser Bianka de son esprit… Surtout depuis qu'il a scruté attentivement les spectaculaires photos de son album «Voyage à Cuba» de son compte Facebook, où elle pose presque toujours en bikini.

C'est un sentiment étrange et déplaisant qu'il n'a guère connu auparavant. En théorie, rien ne devrait se passer entre eux, alors il se dit qu'il n'y a rien de mal à aller voir un film avec elle au cinéma Paramount.

Tout a commencé à son retour en Abitibi quand il a regardé la première partie de Kovtawsky en compagnie du réserviste Allan Lavoie dans les gradins. Sans rien lui dire, le défenseur a envoyé un texto à son amie Joanie qui étudie avec lui au cégep. Celle-ci est venue le rejoindre avec une copine à elle. Meilleur pour draguer que pour contrer une attaque de l'ennemi, Lavoie les a fait rigoler toute la soirée et le quatuor s'est donné rendez-vous au même endroit pour la joute suivante. Encore une fois, le groupe mené par Lavoie s'est bien amusé.

Allo Félix! Je suis arrivée. xx

J'arrive, Bianka! ;-)

— Deux petits x… elle vient de signer son texto avec deux petits becs, se dit-il à haute voix en souriant, avant d'aller aviser madame Casault qu'il sera de retour avant le couvre-feu de vingt-trois heures.

Quand Félix saute joyeusement dans la petite voiture bleue stationnée de l'autre côté de la rue, Bianka lui souhaite la bienvenue en l'embrassant doucement sur la joue. Au contact de ses lèvres, le joueur de hockey sent ses poils se dresser partout sur son corps. Son cœur bat la chamade et il se demande pourquoi il a accepté l'invitation de cette fille, qui est plus vieille que lui de presque deux ans.

Nerveux, il ne cesse de parler comme si chaque seconde de silence l'amenait à réfléchir à ce qui se passe et à se culpabiliser. C'est encore pire une fois au cinéma alors qu'ils attendent le début de la représentation en mangeant du maïs soufflé assis tout en haut, au centre de la dernière rangée. Quand, enfin, la projection débute, Félix se sent soulagé, car il n'aura pas besoin de chercher quelque chose d'intéressant à raconter pour les quatre-vingt-dix prochaines minutes!

Vers la fin du film, Bianka se rapproche de lui et place sa tête contre son épaule. Amie Facebook, elle sait pourtant qu'il est en couple. Elle a même commenté une photo prise avec Emma le premier janvier dernier chez les Cortez. Félix brûle d'envie de jouer dans ses cheveux ou de passer son bras autour de son cou et de l'enlacer, mais c'est mora-lement impossible. Il fixe l'écran, perdu dans ses pensées, déchiré entre un soudain élan de passion et son amour pour sa ravissante Colombienne.

Une trentaine de minutes plus tard, quand Bianka immobilise sa voiture au coin de la rue où habitent les Casault, il se prépare à rassembler son courage pour lui signifier gentiment qu'il n'est pas très à l'aise avec la situation. Mais ça serait la honte si elle lui répondait qu'il se fait des idées, qu'il ne s'agissait que d'une sortie entre amis, que sa tête sur son épaule n'était qu'un petit geste amical pour trouver du réconfort. Avant qu'il meure, son père lui a souvent dit : « Dans la vie, mon fils, parfois on décide de parler pour ne pas avoir l'air niaiseux. Mais parfois, on parle et on prouve qu'on est niaiseux. Alors, sois certain de ce que tu dis quand t'ouvres la bouche. » Quel curieux contexte pour penser à son paternel !

— Tiens, mon beau joueur de hockey ! Vingt-deux heures quarante-cinq minutes… Un quart d'heure avant ton couvre-feu, lance Bianka, tout sourire.

— Merci pour la soirée. C'était la première fois que j'allais à votre cinéma. C'était très cool… T'es très cool, ajoute-t-il.

— Pis on va y retourner la semaine prochaine. T'as payé pour moi, donc la prochaine fois, ça va être à mon tour de payer. On ira un soir que t'as pas de *game* le lendemain, comme ça on sortira après !

— Ouais… faudrait voir ça. C'est super le fun, Bianka, mais je ne sais pas trop… J'ai une blonde à Louiseville, pis je ne suis pas certain qu'elle aimerait ça savoir que je vais voir des films avec une super belle fille, balbutie-t-il maladroitement.

— T'as raison. C'est certain qu'elle n'aimerait pas ça, répond-elle en se penchant vers lui. Mais ce qu'on ne sait pas… ça ne peut pas faire mal, poursuit-elle en s'approchant et en posant ses lèvres sur celles de Félix.

Cette fois, plus question de résister. Il l'a avisée qu'il n'était pas libre et c'est sa décision à elle. En plus, Emma n'en saura rien. Dans la voiture dont le moteur tourne toujours, les deux jeunes s'embrassent éperdument pendant que la radio crache du Rihanna. Heureusement que le temps est compté, car Félix a l'impression qu'il serait possiblement allé trop loin. Quand Bianka met une main sur son genou, il l'interrompt subtilement.

— T'es vraiment *hot*, Bianka, murmure-t-il en haletant. Faut que je me sauve, on a un couvre-feu et je reviens au jeu demain. Le coach va appeler à ma pension pour me parler dans vraiment pas long. J'peux pas niaiser avec ça.

Moins de cinq minutes plus tard, le téléphone sonne chez les Casault. Pas de surprise, c'est Richard Caisse. Heureusement, Félix est rentré juste à temps pour lui répondre.

Allo Félix! Tu fais quoi? ☺

Pas encore elle! se dit Félix en regardant le texto qui vient de rentrer. Il est quatorze heures et c'est déjà le quatrième message qu'elle lui envoie depuis le matin… Sans compter ceux qu'elle lui a acheminés hier soir avant qu'il s'endorme.

> Je me couche. Game tantôt.

> Texte-moi après ta game. xox

Félix éteint son cellulaire sans rien répondre. L'adrénaline produite par la montée de testostérone de la veille à l'endroit de Bianka n'a pas complètement disparu, toutefois un profond sentiment de culpabilité le hante. Autant il se demande jusqu'où cette histoire pourrait le mener, autant il regrette ce qu'il a fait, si bien que maintenant les questions surgissent en rafales dans sa tête.

Ce n'est pourtant pas un crime d'avoir embrassé cette fille. En plus, en lui parlant d'Emma, il lui a clairement signifié qu'il n'y avait pas de place pour elle dans sa vie. Que serait-il arrivé dans la voiture s'il n'y avait pas eu de couvre-feu ? Comment Bianka va-t-elle réagir s'il ne veut pas la revoir ? Va-t-elle garder le secret ? Qu'est-ce qu'une fille de dix-huit ans peut bien lui trouver et surtout lui montrer ? Et Emma ? Qu'est-ce qui prouve qu'elle n'a absolument rien à se reprocher ? Est-ce qu'embrasser, c'est réellement tromper ?

Trop de questions sans réponses qui se bousculent. Il doit maintenant essayer de trouver le sommeil, et pour cela, il doit impérativement chasser la jolie et entreprenante jeune femme de son esprit. C'est tout de même incroyable qu'à quelques heures de son retour au jeu, le hockey ne soit pas sa seule et unique préoccupation.

Un peu plus tard, quand l'alarme de son téléphone cellulaire retentit, Félix réalise qu'il a été impuissant à trouver le sommeil et ce n'est pas seulement en raison de ce qui s'est produit la veille dans la voiture de Bianka. Son retour au jeu le stresse aussi passablement. Heureusement, dès qu'il met les pieds hors du lit, ces histoires de filles disparaissent illico et le hockey occupe à nouveau toutes ses pensées... Quelques minutes plus tard, en rentrant dans le vestiaire des Huskies, Félix constate toutefois avec stupéfaction que Richard Caisse n'a pas inscrit son nom sur la liste de la formation pour l'affrontement face aux Voltigeurs. Il a le feu vert du médecin, mais malheureusement pas de l'entraîneur puisque son nom figure à côté de celui des réservistes Allan Lavoie et Simon Proulx.

La déception est vive, mais cette décision n'est guère surprenante, car le club accumule les victoires depuis le retour au jeu après la pause de Noël. Félix avait d'ailleurs songé à cette possibilité en marchant vers l'aréna. Pas question cependant qu'il aille regarder la joute dans les gradins avec Bianka et les autres. Il va en profiter pour passer la soirée dans le gymnase. Lors du congé des fêtes à Louiseville, en se mesurant contre la porte de sa chambre sur laquelle des coups de crayons de toutes les couleurs se sont accumulés au fil des années, il a constaté qu'il avait gagné presque deux centimètres depuis son départ en août, ce qui s'avère dans son cas une fulgurante poussée de croissance. Il a certes grandi, mais avec ses cent quarante-huit livres, il est étrangement moins lourd qu'au début du camp d'entraînement, ce qui serait normal selon Chico. Comme il est rétabli à cent pour cent, il va donc en profiter pour lever des poids et faire du vélo stationnaire. Le coach va apprécier et ça va le tenir loin des tentations.

Assis dans l'autobus des Huskies, Félix vient de terminer un fastidieux devoir de français. Satisfait, il remonte la petite tablette de travail, range son livre ainsi que ses crayons et sort son iPod. Contrairement à la plupart de ses coéquipiers, il est absolument incapable d'étudier en écoutant de la musique.

Le début de semaine lui a paru une éternité. En y pensant, il se sent inspiré. Il saisit son téléphone et se dépêche de se brancher sur Twitter avant d'oublier cette phrase qu'il trouve aussi intelligente qu'amusante.

Félix Riopel @Rippy57

Ma définition de l'éternité : laps de temps entre deux parties de hockey. #LoveTheGame #LHJMQ #Huskies

Après trois jours consécutifs d'entraînement, Félix ne sait toujours pas s'il est dans les bonnes grâces de l'entraîneur. La seule chose dont il est certain, c'est qu'il se sent prêt comme jamais et qu'il est drôlement heureux de quitter l'Abitibi afin d'aller disputer trois parties en quatre soirs sur des patinoires adverses. Depuis samedi, il multiplie les petits mensonges pour éviter de revoir Bianka, mais une journée de plus et il aurait probablement cédé à son irrésistible charme, car les remords engendrés par le baiser clandestin de vendredi ont disparu progressivement et l'attirance qu'il ressent pour elle renaît d'heure en heure et de texto en texto.

En plus, il se dit qu'avec un horaire aussi chargé, Caisse n'aura probablement pas le choix de faire appel à ses services au cours de ce voyage, puisque les Huskies joueront à Rimouski jeudi, à Baie-Comeau vendredi et à Chicoutimi dimanche.

Malgré la série de succès de son équipe, l'entraîneur décide d'apporter des modifications face à l'Océanic : le défenseur Olivier Rozon cède sa place à Allen Lavoie et le dur à cuire Murray Wilkinson est laissé de côté au profit de Simon Proulx. S'il avait compris la logique de ne pas l'insérer immédiatement dans la formation à sa sortie de l'infirmerie, cette fois, Félix peste intérieurement. Surtout que l'attaquant de dix-sept ans, Dylon Vanelli, un Italien de Saint-Léonard, joue parfois en avantage numérique et qu'il connaît un succès inespéré avec une production supérieure à un point par match depuis son rappel du junior AAA après Noël.

À la fin de la partie, Félix réprime difficilement un sourire quand la sirène se fait entendre et que ses coéquipiers retraitent au vestiaire la tête basse à la suite d'un cuisant revers de cinq à zéro.

Le lendemain, sur le traversier qui relie Matane à Baie-Comeau, Félix regarde un groupe de vétérans jouer aux cartes. Éliminé quinze minutes plus tôt, il a perdu cinq dollars et il attend patiemment le début de la nouvelle partie pour se refaire. D'ici là, il subit les railleries des plus vieux qui se moquent encore de sa tentative pour mystifier Raphaël Bouchard et William Rousseau en bluffant. Assis en retrait plus loin à une table avec ses adjoints, Richard Caisse se lève et fait un signe de la main pour interpeller Félix afin qu'il vienne les rencontrer.

— Es-tu correct pour jouer ce soir? demande le coach sans saluer son joueur.

— C'est certain. Ça fait une semaine que j'ai eu le OK du docteur Séguin.

— On le sait ça, Rippy. Mais es-tu correct pour aller dans les coins pis dans le trafic comme avant?

Penses-tu avoir peur de chier dans tes culottes si ça brasse sur le bord de la rampe? T'es pas plus gros qu'avant ta commotion, rétorque rudement Caisse.

— J'ai pas mal plus peur que le bateau coule que de chier dans mes culottes, répond Félix du tac au tac pour déclencher un éclat de rire général à la table des entraîneurs. À tel point que tous les joueurs se retournent en se demandant ce que Riopel a bien pu dire d'aussi drôle.

— Elle est pas mal bonne! On va te rentrer progressivement dans le match, mais si Archambault joue encore une *game* comme hier, sois pas surpris que je t'essaye sur la première ligne avec Isner pis Kovy. Je commence à être tanné d'Archy. Dis-lui que c'est à son tour de venir me voir.

Félix Riopel @Rippy57

Back in the line up tonight! ☺ #ReadyToPlay

Un peu plus d'une heure avant le duel face au Drakkar, du vieux AC/DC joue à tue-tête dans le modeste vestiaire du club visiteur. Déjà en survêtements, les joueurs déambulent à gauche et à droite en suivant leur routine d'avant-match. Presque la moitié des gars se réchauffent ou tuent le temps en jouant au soccer dans le garage. Dans le corridor, William Rousseau et Cédrick Loiselle enrubannent leur bâton en chiquant du tabac alors que Joey

MacIntosh saute à la corde à danser en retrait, pas très loin d'eux. Les vedettes de l'équipe, Dmitri Kovtawsky, Marc-Olivier Laflamme et Éric Boisvert, viennent de terminer des entrevues avec des journalistes de la région et ces derniers traînent encore dans les parages, à la recherche d'une histoire supplémentaire. Assis sur un vieux vélo stationnaire désuet, Félix pédale en observant tout ce monde pendant que les succès de Pitbull s'enchaînent sur son iPod. Cette atmosphère lui a autant manqué que ses présences sur la patinoire.

Comme l'équipe ne s'est pas entraînée en matinée, Richard Caisse n'a pas dévoilé la composition de ses trios. Par contre, Félix sait déjà qu'il va amorcer la rencontre sur la quatrième unité.

Les deux formations font preuve d'indiscipline en début de joute. Comme les deux équipes sont rarement à forces égales, il y a déjà presque dix minutes d'écoulées au premier tiers quand Félix effectue enfin sa première apparition sur la patinoire. À sa grande surprise, il se voit entouré de Murray Wilkinson et Raphaël Bouchard sur le troisième trio. Nerveux après une si longue absence, il n'a pas l'occasion de toucher à la rondelle, mais ses coéquipiers et lui passent la majorité de leur présence en territoire du Drakkar.

Les officiels ne sifflent aucun arrêt de jeu. Félix a à peine le temps de reprendre son souffle que le voilà déjà de retour dans le feu de l'action. Cette fois, il n'a pas le temps de réfléchir, il enjambe la rampe par instinct et fonce sur la rondelle. Quand le défenseur Martin Faucher effectue sa passe pour relancer l'attaque, il se fait percuter de plein fouet par le petit attaquant des Huskies. Les deux joueurs tombent à la renverse et se relèvent sans la moindre séquelle. Un jeu anodin pour le porte-couleurs du Drakkar. Félix, lui, vient de passer un test important : son corps a absorbé le choc sans problème.

Chaque fois qu'il reçoit le signal de l'entraîneur, il saute dans la mêlée comme un enragé pour lui prouver qu'il n'est habité par aucune crainte… Et pour se prouver à lui que ce ne sont pas des balivernes.

Au deuxième engagement, c'est toujours zéro à zéro quand le club hôte écope de sa quatrième punition de la soirée. Encore une fois, le jeu de puissance des visiteurs se montre plutôt erratique. Richard Caisse demande un temps d'arrêt alors qu'il reste toujours une minute à écouler à la punition.

— Juste à le dire, les *boys*, si vous voulez qu'on leur donne les deux points tout de suite. Ça fait plus que quatre périodes qu'on a pas marqué de buts. C'est pas normal ça avec tous les *power play* qu'on a eus. *Kovy, you stay on the ice but you gonna play defense.* Je veux l'essayer à la pointe. Boisvert aussi tu restes, pis essaie de *backer* le Russe si jamais il se fait prendre à contre-pied. Pis ça serait ben l'fun aussi si tu recommençais à jouer du bon hockey. On dirait que t'as encore ta grosse tête enflée avec Team Canada. *Wake up*, sacrement, ajoute Caisse en criant. Laflamme pis Neveu, vous restez aussi sur la glace. Riopel, tu pognes le centre, annonce-t-il ensuite plus calmement.

Si se retrouver sur la patinoire avec les quatre meilleurs éléments de l'équipe était le prix à payer, Félix aurait pu patienter encore avant d'effectuer son retour au jeu. Maintenant, il ne faut surtout pas qu'il bousille une occasion de ce genre.

Quand la rondelle tombe à la gauche du gardien Dean Perron, Félix réagit rapidement, mais pas autant qu'Olivier Lord qui remporte la mise au jeu tandis que le Drakkar retraite en zone neutre pour égrainer quelques secondes au cadran. Après le dégagement, Kovtawsky reprend dans le fond de sa zone en contournant le but et il accélère comme un missile jusqu'en territoire ennemi où il laisse à Félix. Campé dans le coin, il attire un joueur puis refile du revers à Neveu qui remet tout de suite à Boisvert qui décoche un foudroyant tir sur réception. Le gardien bloque le lancer, mais Laflamme saute sur le rebond et loge aisément le disque dans le haut du filet. Un à zéro pour Rouyn-Noranda.

Après cette apparition en supériorité numérique, Félix reprend son poste au centre du troisième trio et il n'a aucune raison de se plaindre de son sort. Les Huskies l'emportent finalement trois à un. Première étoile du match avec un but et deux mentions d'aide,

Boisvert, habituellement peu loquace, se lève dans le vestiaire après le match. Après la brève allocution de l'entraîneur, il prend à son tour la parole.

— Le coach a raison. Quand on joue comme on est capables, y a pas un seul club au pays qui peut nous battre. Mais faut que les Huskies passent avant nos intérêts personnels. Je suis le premier qui doit donner l'exemple. On a tout ce que ça prend pour se rendre à la Coupe Memorial, mais faut toujours se donner à fond à chaque match. Dès fois, on dirait qu'on est sur le pilote automatique pis qu'on se fie à notre talent. Des vrais gagnants, c'est affamés à chaque soir… Ça met pas la *switch* à *on* seulement quand ça leur tente.

— Mets-en, Ricky, lance le capitaine Marc-Olivier Laflamme qui se lève à son tour. Le Drakkar a pas touché à la *puck* dans la deuxième moitié de la *game* parce qu'on a décidé de commencer à jouer au hockey. Faut toujours jouer comme ça, tous les soirs, pis arrêter de se fier sur notre talent. Ça prend de la combativité… Comme Rippy! C'est le plus maigre de la gang, c'est le plus jeune aussi, il revient d'une commotion, pis c'est lui qui a donné les plus grosses mises en échec à soir. C'est pas normal.

Encore une fois, Richard Caisse a appuyé sur les bons boutons. Prêt à quitter la pièce, la main sur la poignée de la porte, il écoute parler ses deux vétérans et n'a rien à rajouter. L'équipe couche à

Baie-Comeau ce soir et la bière sera bonne tantôt à l'hôtel quand il ira décompresser avec ses adjoints.

Le dimanche après-midi, les Huskies concluent leur court périple à l'étranger en infligeant une correction en règle aux pauvres Saguenéens qu'ils humilient sept à un. Dans la victoire des siens, Félix récolte deux passes, dont une lors d'une attaque à cinq alors qu'il a adroitement préparé le terrain pour que Kovtawsky complète le travail en marquant un but facile.

Dans la soirée, sur le long chemin du retour, incapable de trouver le sommeil dans l'autobus, la recrue écoute du Bob Bissonnette. C'est habituellement son choix musical de prédilection quand il se sent heureux, et présentement, il nage tout simplement dans le bonheur. Seule petite ombre au tableau : l'aguichante Bianka Vachon hante inlassablement ses pensées et rentrer à Rouyn-Noranda n'aidera en rien à la faire disparaître de son esprit… Surtout qu'il a pris la décision de la revoir.

12

Bianka avec un « k »

— Salut, mon grand! Il est déjà presque midi! Est-ce que tu veux déjeuner ou tu préfères que je te serve de la soupe aux pois? demande Ginette Casault en souriant à son jeune pensionnaire.

— Merci, madame Casault, je vais prendre un bol de céréales pour commencer, répond Félix en repoussant ses cheveux sur le côté pour mieux voir l'aimable dame.

— T'es pas allé à l'école à matin?

— On est revenus de Chicoutimi à quatre heures du matin, pis j'avais rien d'important en avant-midi. C'est une journée complète de congé aujourd'hui! On n'a même pas d'entraînement cet après-midi, explique-t-il sur un ton monocorde en vidant machinalement du lait dans son bol.

— Tu vas faire quoi aujourd'hui?

— Sais pas. Je vais étudier un peu et probablement que vais jouer au Xbox après.

— Faudrait que tu téléphones à ta mère aussi! Elle a appelé ici ce matin pour s'informer de toi. J'ai beau la rassurer, je crois qu'elle s'inquiète de son fils. Et je la comprends, moi aussi je me demandais comment allait se passer ton retour au jeu. On dirait que ça a bien été?

— Je suis complètement guéri, madame Casault! Pis ma mère, je l'ai textée hier soir après ma *game*... Elle est bizarre, réfléchit Félix à haute voix.

Après avoir englouti trois grands bols de céréales et deux bananes, Félix se réfugie dans ses quartiers pendant que Ginette Casault se réjouit de constater que le jeune homme est fort possiblement en poussée de croissance. Étendu sur son lit, il regarde ses messages texte et entreprend de répondre à tout le monde, en commençant par sa mère. Rapidement, il comprend qu'elle s'inquiète surtout qu'il ne soit pas allé à l'école. Elle a vu ce qu'il a publié sur son statut Facebook en arrivant à Rouyn-Noranda.

Félix Riopel
Long road trip. Enfin de retour. Day off lundi.
Pas de hockey, pas d'école.

J'aime · Commenter · 12 commentaires · il y a 9 heures.

Line Bournival Tu devrais quand même aller à tes cours et mettre autant de sérieux dans tes études que dans le hockey.

Il y a 5 heures · J'aime

La honte. Sa mère a osé commenter son statut.
Bien entendu, la moitié des gars de l'équipe se
sont payé sa tête.

Raphaël Bouchard D'accord avec vous
madame Riopel. J'essaie de le motiver, mais ce
n'est pas facile. ☺
Il y a 3 heures via mobile · 4 J'aime

Rémi Cholette Ça va être beau au cégep !
Il y a 3 heures · 4 J'aime

Dean Perron Quoi, tu vas doubler ta
maternelle ?
Il y a 2 heures · 6 J'aime

Jonathan Léveillé Je savais pas que t'allais à
l'école ?
Il y a 2 heures · J'aime

On dirait qu'il sort brusquement d'une longue
hibernation et que la planète entière a commenté
ce vulgaire statut insignifiant pendant qu'il dormait
paisiblement.

Mais il y a pire.

Bianka Vachon Je m'offre personnellement
pour des cours privés xx
Il y a 50 minutes · J'aime

Emma Cortez ????
Il y a 48 minutes · J'aime

Raphaël Bouchard Moi aussi je m'offre pour des cours privés… en gestion de relations amoureuses ;-)
Il y a 25 minutes · 1 J'aime

William Rousseau As-tu besoin d'aide le kid ? ☺
Il y a 18 minutes · J'aime

C'était bien la dernière chose dont il avait besoin après ce retour au jeu fructueux. Et Emma qui ne lui a envoyé aucun autre message que ces quatre points d'interrogation sur Facebook. Pas même un texto colérique. C'est signe qu'elle doit être vraiment furieuse. Sa première idée, c'est d'effacer immédiatement ce statut qui était pourtant tout ce qu'il y a de plus anodin. Sauf que s'il met son idée à exécution, il laisse entendre qu'il se passe actuellement quelque chose qui le rend mal à l'aise et ça pourrait alimenter encore plus les doutes d'Emma. Le mieux, c'est de faire comme au hockey. La meilleure défensive, c'est l'attaque, lui a toujours répété son père : « T'as beau avoir de belles vertus et essayer d'être bon en défensive, quand c'est ton club qui a la rondelle, l'adversaire ne peut pas marquer. C'est impossible. »

Il décide d'attaquer Emma et d'ignorer Bianka.

C'est quoi l'affaire des ???? à matin sur Facebook ? As-tu un problème ?

Même en classe, Emma traîne toujours son téléphone intelligent avec elle. La réponse ne se fait pas attendre.

Pardon ? Tu me niaises ! Une fille t'offre des cours PRIVÉS avec des xx pis tu comprends pas mes ???? Va te faire soigner… Pis va à tes cours PRIVÉS tant que tu vx.

Tu me déçois bcp. L'amie de la blonde à Lavoie est au cégep. Elle veut m'aider à l'école, car les gars savent que j'en arrache et toi tu pars en peur. Bravo. Merci pour la confiance.

Pis les becs ?

Allo ? Est juste fine. Chus comme son ptit frère. Tu m'insultes là. Écris-moi pu. Chus fâché.

Toi aussi tu m'as insultée avec ça. Mets-toi à ma place ? Jtm et je m'ennuie. S'cuse BB

C'est beau. Mais peux-tu essayer d'arrêter de pogner les nerfs tout l'temps stp?

S'cuse-moi BB. J'ai hâte de te voir à ta fête...un mois! Luv u xxxx

C'est encore une fois prouvé. La meilleure défensive demeure l'attaque! Il ne reste maintenant qu'à concocter une stratégie pour éviter que ce genre d'imbroglio se répète. Est-ce que Bianka a volontairement essayé de passer un message afin de provoquer des choses qui pourraient tourner en sa faveur ou est-elle tout simplement un peu sotte? Dans un cas comme dans l'autre, ce n'est pas le genre de fille qui l'attire. Si elle avait réellement voulu lui donner un coup de main, elle lui aurait écrit un message en privé, pas sur son mur, au vu et au su de tous. La réflexion est terminée, ça n'ira pas plus loin avec elle. Un petit baiser sans conséquence, c'est tout ce que sa conscience devra supporter et ce n'est rien du tout en comparaison de toutes les histoires rocambolesques que les gars racontent régulièrement dans le vestiaire.

Le hockey, c'est tout ce qui occupe maintenant les pensées de Félix. La dernière fois qu'il s'est

retrouvé dans un état d'esprit comparable, c'était en avril dernier lors des séries éliminatoires au midget AAA.

Toute la semaine, les entraînements se sont déroulés à merveille. En plus, mercredi, il a encore fait l'école buissonnière. Le matin, il s'est entraîné dans la salle de conditionnement physique des Huskies. Mais cette fois, pas question de le dire sur Facebook ni d'en aviser sa mère. Et après le lunch, il a driblé la rondelle pendant près d'une heure en solitaire sur la patinoire. Jeudi soir, plutôt que de regarder le match du Canadien à la télé, il est allé courir une dizaine de kilomètres malgré le froid sibérien.

Deux gros matchs sont à l'horaire ce week-end puisque Rouyn-Noranda accueillera deux rivaux de division, le Phoenix de Sherbrooke et les Voltigeurs de Drummondville. Confiant à la suite des dernières rencontres, Félix a le sentiment d'avoir retrouvé tous ses repères. En plus, lundi soir, il a fait du ménage dans sa vie sentimentale. Il n'a peut-être pas agi en diplomate, mais il se console en se disant qu'il a au moins le mérite d'avoir été très clair avec Bianka Vachon.

T'as agi en conne avec ton commentaire sur FB. Je delete ton # de cell. Ciao bye

> T'es pas ben ou quoi? Je voulais juste t'aider. Je passe te prendre à 19 h 30, on va jaser au Tim.

> Oublie ça. Bonne chance. Merci.

> Pauvre cave. Tu vas brailler ta vie de regrets. Ça passe pas souvent une fille comme moi. Looser. Toi oublie-moi.

Dans le dénouement de ce dossier, sa seule gaffe, c'est d'avoir raconté l'histoire à ses coéquipiers. Tous les gars sans exception ont désapprouvé sa façon de faire pour ensuite l'inonder de conseils absurdes. Ceux qui avaient pris le temps d'examiner le profil et les photos de voyage de mademoiselle Vachon ont même menacé de le renier! Il n'y a que le bon vieux Chico qui garde ses commentaires pour lui!

— Sérieux, *man*, t'es vraiment épais. La fille te dit que ta blonde le saura pas, pis toi t'es assez tata pour l'envoyer promener! Là, tu vas la texter pour lui dire que ton bon ami Raphaël Bouchard va s'occuper d'elle.

— Fais pas ça, Félix. Écoute pas Boutch, interrompt Dean Perron. Tu vas plutôt dire à la belle Bianka que t'as été traumatisé parce que t'es trop jeune. Après ça, tu vas lui expliquer que ça lui prend un gars mature… genre, un beau *goaler* de vingt ans.

— Sans joke, elle t'a vraiment dit qu'elle ne dirait rien à ta blonde ? s'étonne Jonathan Léveillé pendant que Bouchard et Perron poursuivent leur discussion. Mais si ta blonde a cru ton histoire qu'elle voulait t'aider pour l'école, pourquoi t'as pas juste dit à Bianka Machin de faire plus attention ? T'aurais eu une fille ici pis une autre chez vous !

— T'as l'air de rien, le *kid*, mais t'es un méchant *playboy*, lance à son tour Xavier Neveu. Que tu la *flushes*, c'est une affaire, mais va falloir que tu m'expliques ce que tu lui as dit pour qu'elle trippe sur toi en partant !

— Ben non ! La vraie histoire, c'est que c'est après moi qu'elle courait, la belle Bianka, ajoute à son tour Allan Lavoie. Si vous aviez été avec moi dans les estrades l'autre jour, vous auriez eu la passe direct sur la palette comme j'ai fait pour ti-cul ! Y a des avantages à pas être dans le *line-up* à tous les soirs !

Étrangement, cette histoire anodine a aidé Félix à s'intégrer au groupe, car toute la semaine, les gars se sont amicalement moqués de lui. Après avoir passé plusieurs journées à l'écart parce qu'il était à l'école secondaire, à l'infirmerie ou à Louiseville, aujourd'hui il se sent complètement de retour dans la meute des Huskies.

Vendredi soir, devant Carl et son père Paul qui sont venus passer le week-end à Rouyn-Noranda, Félix s'éclate contre le Phoenix. Encore utilisé au centre du troisième trio, il connaît une partie du tonnerre et démontre une fois de plus ses talents de fabricant de jeux en préparant trois buts dans un gain sans équivoque de six à deux.

Le samedi soir, face aux Voltigeurs, le duel s'avère beaucoup plus enlevant, car les visiteurs vendent chèrement leur peau avant de s'incliner quatre à trois en prolongation. Le petit numéro cinquante-sept n'obtient pas de points, mais son jeu se veut néanmoins irréprochable. En plus de s'être impliqué physiquement avec quelques bonnes mises en échec, il a fait sortir le défenseur Frédéric Mahoney de ses gonds. Personne ne sait ce que Félix a bien pu lui dire, mais en début de troisième période, le vétéran de vingt ans l'a frappé au visage après le sifflet, en plein sous les yeux de l'arbitre. Félix s'est relevé en souriant. Quelques secondes plus tard, Laflamme marquait en avantage numérique pour créer l'égalité trois à trois.

Le lendemain matin, Carl et son père vont cueillir Félix chez les Casault et le trio va déjeuner, comme dans le bon vieux temps. C'était souvent la routine, le dimanche, quand les deux garçons étaient plus jeunes. Pendant qu'André travaillait, Paul se chargeait des petits hockeyeurs qui le suppliaient toujours de bifurquer vers un restaurant après les entraînements. À l'époque, les gars ne discutaient que de leurs parties de hockey ou de leurs idoles de la LNH. Tout ça semble à des années-lumière maintenant!

En prenant garde de ne pas parler trop fort, Félix leur raconte avec une certaine fierté l'histoire de la mystérieuse Bianka avec un « k » qui n'a pas donné signe de vie depuis qu'il l'a cavalièrement envoyée paître. Se contentant d'écouter ce qu'ils ont à dire, Paul se bidonne en découvrant les petits secrets de Carl et de son meilleur ami. Ça lui fait surtout le plus grand bien de voir son fils si heureux. Depuis la séparation, l'abandon forcé du hockey et le départ de son meilleur copain, la vie du jeune Lapierre a été fortement chamboulée. Carl a vraiment l'impression que son quotidien ne sera plus jamais le même et il ne sait plus quoi faire de ses temps libres, ce qui embête profondément son père qui ne sait pas comment l'aider. Cette petite virée tombe à point nommé.

13

Retour à Québec

Contrairement à bien des joueurs de hockey, Félix n'a jamais vraiment regardé le calendrier longtemps à l'avance. Lundi après-midi, en jetant un coup d'œil à l'horaire de la semaine sur le tableau accroché dans le vestiaire, il constate donc avec étonnement que le prochain affrontement aura lieu vendredi soir au Colisée Pepsi à Québec et qu'ensuite le club fera escale à Shawinigan le samedi après-midi. Il savait pour la partie contre les Cataractes puisque toute sa famille sera présente, cependant il n'avait pas réalisé que la veille, il reverrait pour la première fois le colosse Jakub Loktionov, celui qui l'a envoyé à l'hôpital en décembre. Quand même craintif, Félix souhaite que cette mésaventure soit derrière lui... bien que, la petite peste qui sommeille en lui trouve que la vengeance serait douce au cœur de l'Indien. Si seulement il était plus gros, il lui en ferait voir de toutes les couleurs à ce Russe…

Les Huskies quittent Rouyn-Noranda le jeudi en fin de matinée. Le mois de février approche et Félix a enfin retrouvé sa zone de confort. Il s'amuse autant sur la glace que dans le vestiaire. Plus important encore, il a cessé de réfléchir sur la patinoire. Il a recommencé à jouer par instinct. Il exécute les bons jeux, aux bons moments, et il ne se pose plus de questions. Trop souvent cette saison, dans le feu de l'action, sa priorité était de ne pas faire d'erreurs. Maintenant, quand il pose ses patins sur la glace, il désire provoquer des étincelles à l'attaque. C'est de cette façon qu'il s'est toujours comporté auparavant et c'est en jouant ainsi qu'il connaîtra encore du succès, peu importe qu'il se retrouve sur le premier ou sur le quatrième trio.

Dans l'entourage des Huskies, personne ne fait allusion aux derniers événements qui se sont déroulés entre les deux équipes lors du passage de la meute à Québec en décembre. Ce genre d'histoire est presque monnaie courante et Félix lui-même tente de ne plus penser à Loktionov. Il jette tout de même un regard lourd dans sa direction pendant la période d'échauffement.

En se dirigeant vers le vestiaire, il retrouve certains partisans des Remparts qui, eux, semblent avoir la mémoire plus longue.

— Riopel! T'es sorti de l'hôpital, petit baveux! Tu seras poli avec monsieur Loktionov à soir, crie un individu juché près du banc des Huskies.

— Hé le tarla, t'as pas réussi à te trouver de l'argent pour t'acheter des dents? réplique haut et fort Félix en le saluant au passage.

— Embarque pas dans leur *game*, Félix, murmure Chico en marchant à ses côtés dans le corridor avec une douzaine de bâtons sous le bras. Si tu pognes, ils vont continuer de t'écœurer chaque fois qu'on va venir jouer ici.

Chico a beau dire de ne pas prêter attention à ces imbéciles qui l'injurient, l'orgueil de Félix a été touché. En se préparant pour le début de la rencontre, il revoit le fil des événements et il en vient rapidement à la conclusion qu'il doit profiter de l'occasion pour montrer à tout le monde qu'il n'a peur de personne. L'entraîneur-chef n'aura plus jamais de doutes sur son sens de la combativité et s'il y a des dépisteurs de la Ligue nationale dans les estrades, ils pourront écrire dans leurs rapports que personne n'intimide Félix Riopel et qu'il n'a pas froid aux yeux.

Pendant l'hymne national, la recrue originaire de Louiseville ne tient pas en place. Debout au banc des Huskies, Félix sautille sans arrêt et bouge la tête de façon saccadée. Il est comme un cheval dans son box qui écume en attendant l'ouverture des portes pour partir au galop. Il est anxieux, mais il sait qu'il ne reculera devant personne. Ce soir, il va aller à la guerre.

Toujours flanqué de Wilkinson et de Bouchard au centre du troisième trio, Félix est utilisé régulièrement. Quand le trio du jeune attaquant est sur la glace, Mario Péloquin, le pilote de Remparts, en profite pour reposer Loktionov qu'il préfère lancer dans la mêlée face à Kovtawsky, Isner et Archambault. Ça n'empêche pas le petit numéro cinquante-sept d'essayer de provoquer des étincelles à chacune de ses présences.

À la conclusion du premier vingt, Québec mène deux à zéro. Complètement déclassés, les Huskies peuvent s'estimer chanceux de ne tirer de l'arrière que par deux buts.

— Quatre victoires de suite! Vous êtes bons, les *boys*, se contente de dire calmement Richard Caisse au milieu du vestiaire pendant l'entracte. Dans le fond, pourquoi se démener contre un des meilleurs clubs de la ligue? On vient d'en coller quatre. Le coach dira rien si on perd et on se reprendra demain à Shawi. C'est ça que vous pensez? lance-t-il en soupirant pendant qu'il arpente lentement la pièce en prenant le temps de fixer chacun de ses joueurs dans les yeux.

L'atmosphère est lourde. Conscients qu'ils ont été atroces, les gars redoutent une sainte colère.

— J'ai jamais pogné les nerfs pour une défaite. Ce qui me fâche, c'est quand vous levez le pied et que vous ne travaillez pas... comme à soir. Une chance que Perron a fait des gros arrêts, sinon on ne serait même plus dans la *game*. Y a juste Riopel qui se donne...Y fait pas juste se donner, on dirait qu'y a bu un gallon de Red Bull.

Cette dernière remarque fait rire tout le monde. Il faut toujours se méfier du caractère explosif de l'entraîneur, mais Caisse s'est adouci avec les années. Ses crises sont moins fréquentes et plus prévisibles qu'à une certaine époque, pourtant pas si lointaine. Il a compris qu'un chien qui jappe constamment ne fait jamais peur aux passants.

— Archy, tu vas prendre la place du *kid* au centre de la troisième ligne, enchaîne Caisse plus sérieusement. Ça fait deux semaines que tu joues sans émotion et ma patience a des limites. Rippy, tu vas jouer à l'aile, à la droite de Isner pis Kovy. Fais ça simple. Donne-leur la *puck* pis essaye de ne pas faire de revirements.

Félix se demande ce qui le surprend le plus. Se retrouver brusquement sur le premier trio, être muté à l'aile ou que Caisse l'ait appelé Rippy pour une deuxième fois en quelques jours? Peu importe, son équipe accuse deux buts de retard et ça sera difficile pour lui de mal paraître sur le premier trio. Déjà la chimie n'est pas mauvaise quand on l'emploie avec Kovtawsky et Isner en avantage numérique.

Félix et ses nouveaux acolytes amorcent la période médiane sur la patinoire. Sans faire de flammèches ni provoquer de chances de marquer, ils passent quand même toute la durée de leur présence en territoire des Remparts. Il n'y a que quelques secondes de jouées et déjà Félix croise le fer face à Loktionov dans une bataille un contre un le long de la rampe. Le costaud défenseur ne dit rien. Il ne le regarde même pas. Un peu décevant, songe Félix une fois assis au banc.

— *Kovy! How do you say « thank you » in russian?* demande-t-il à son coéquipier en reprenant son souffle.

— *Why do you want to know that?* interroge Kovtawsky qui ignore que Félix a des comptes à régler avec son compatriote.

— *For fun! Just for fun. If you set me up for a goal, I want to thank you, bud!*

— *« Spasiba ». We say « spasiba »,* se contente-t-il de répondre d'un air incrédule.

Le jeune Québécois ne sait pas trop si cette minuscule leçon de russe lui servira ce soir, mais il a la franche impression que ça pourrait être utile d'ici la fin de la joute. Si jamais il réussit à faire mal paraître le robuste défenseur des Remparts, il le remerciera dans sa langue maternelle !

Vers la fin du deuxième tiers, Québec mène toujours deux à zéro. Les Huskies jouent beaucoup mieux qu'en première période, mais ils demeurent néanmoins impuissants à percer la muraille du gardien Julien Allard qui multiplie les arrêts spectaculaires devant la cage de son équipe.

Félix se débrouille bien en compagnie des deux vétérans. La complicité est bonne et son trio a provoqué quelques occasions de marquer depuis le début de l'engagement. Utilisé plus souvent qu'à l'habitude, il se sent plus à l'aise et il s'amuse à chercher noise au gros défenseur des Remparts. Dès qu'il en a l'occasion, il essaie de le frapper. Il donne sournoisement de petits coups de bâton sur les chevilles de Loktionov pour tenter de le provoquer. Il le regarde en souriant. Rien à faire, le Russe en a vu d'autres et il demeure de glace, se contentant de faire son travail sans prêter attention à cette petite peste qui lui tourne autour. Félix était pourtant convaincu qu'il finirait par perdre patience. Finalement, c'est plutôt l'arbitre qui s'impatiente et il envoie la recrue au cachot quand il la surprend à cingler le défenseur des Remparts pendant un avantage numérique des Huskies. Alors qu'il prend le chemin du banc des punitions, Loktionov lui fait un clin d'œil et lui envoie la main pour lui dire au revoir! Le flegmatique ennemi a aussi la mémoire longue!

Trente secondes plus tard, c'est au tour de Québec d'attaquer avec un homme en plus. Les Remparts bourdonnent sans relâche près du filet de Perron, sans réussir cependant à coordonner de véritables menaces. Juché sur le banc des siens, Caisse fait signe à Félix de s'amener en trombe dès que sa punition prendra fin. Quand les deux minutes sont finalement écoulées, Rippy saute en vitesse sur la glace avec l'intention de venir rejoindre ses coéquipiers sans perdre une seule seconde. Sauf qu'au même instant, Rémi Cholette dégage son territoire avec un puissant tir du poignet. Dans un geste désespéré, Félix réussit à rabattre habilement la rondelle au sol et il déguerpit complètement seul en zone ennemie.

Alors que tout le monde s'attend à le voir tenter une feinte étourdissante, Félix s'élance de toutes ses forces et il laisse partir un foudroyant lancer frappé en arrivant à la hauteur du cercle des mises en jeu. Allard n'a même pas le temps de réagir. Le tir est tout aussi puissant que précis. La lumière rouge s'allume. Félix enregistre son premier but depuis son retour au jeu... La dernière fois qu'il avait touché la cible, c'était justement contre les Remparts. Quand les deux équipes rentrent dans leur vestiaire, l'écart est réduit : c'est maintenant deux à un.

Après son allocution d'usage au début de l'entracte, Caisse demande parfois à voir un ou des joueurs de façon individuelle. Il invite Félix à défiler au bureau après MacIntosh et Rousseau.

— Je veux te parler de deux choses. D'abord, je veux te dire que t'as pris une bonne décision en ne suivant pas la consigne de venir au banc après ta punition. L'autre affaire : arrête de courir après Loktionov. Moi je t'ai vu, l'arbitre t'a vu, tout le monde t'a vu. Ça fait deux mois que c'est arrivé, ton histoire avec lui, explique Caisse flanqué de ses adjoints qui écoutent plus ou moins. T'as l'air d'un p'tit bébé frustré. Comme tu peux pas jeter les gants devant lui sans te faire défigurer, le seul moyen de te venger, c'est de l'ignorer pis de jouer du bon hockey comme t'as fait depuis le début du match. On le sait, Félix, que tu vas jamais te faire piler sur les orteils. T'as rien à prouver contre lui.

— Parfait, coach. C'est clair, j'avoue que je voulais lui faire pogner les nerfs. Je voulais provoquer quelque chose, explique honnêtement Félix.

— C'est bon. Arrange-toi surtout pour ne pas me provoquer moi en pognant une autre punition niaiseuse !

Quand Caisse et ses adjoints se retrouvent seuls dans la pièce, la conversation se poursuit.

— Batinse, Rick, t'es rendu un apôtre de la paix, lance Sébastien Mailhot en riant. Y a une couple d'années, t'aurais laissé faire le *kid* pis y aurait mangé de la soupe aux dents pour souper!

— Jamais de la vie… J'ai jamais laissé un de mes joueurs dans le trouble. Y a une couple d'années, j'aurais placé le *kid* au centre de deux *goons* pis c'est le Russe qui se serait ennuyé de sa mère! Le hockey a changé. Moi aussi. Tu sais, Sébas, si le *kid* oublie le gros tata, il va jouer encore mieux en troisième période. Pis l'autre affaire, et c'est pas négligeable, Kovtawsky m'a avisé que Loktionov était tanné pis que si Rippy continuait à l'écœurer, il allait lui sauter dessus!

En début de troisième période, posté devant le filet des Remparts, dos au jeu, Murray Wilkinson bloque la vue du gardien Allard quand Raphaël Bouchard marque d'un angle impossible pour créer l'égalité deux à deux. Au milieu de la période, Xavier Neveu complète adroitement une manœuvre de Marc-Olivier Laflamme pour donner les devants aux Huskies pour la première fois de la rencontre. À compter de cet instant, Caisse cloue Félix au banc jusqu'à la fin de la rencontre. C'est le dernier duel de la saison face aux Remparts, rien ne sert de placer le jeune dans une situation difficile. Fâché, Félix bout intérieurement. Il a pourtant suivi les consignes de l'entraîneur et voilà ce que ça rapporte. La prochaine fois, il fera à sa tête…

Le lendemain en fin d'après-midi au Centre Bionest de Shawinigan, Félix en met plein la vue à sa vingtaine de chauds partisans, spécialement sur place pour assister à ses prouesses. Emma et ses deux sœurs, Carl, Paul ainsi que Vicky sont là. Son oncle François a fait le voyage de Sorel, quelques amis sont venus de Louiseville et, bien sûr, sa mère Line est aux premières loges avec Véronique et elles portent toutes deux leur chandail des Huskies, quitte à subir les railleries des fans des Cataractes qui sont parmi les plus médisants de toute la LHJMQ. De nouveau employé sur le premier trio ainsi qu'en supériorité numérique, Félix fait mouche à deux reprises dans un triomphe facile de cinq à un face aux Cataractes.

Quand il enregistre son filet sur une superbe passe de Kovtawsky, il saute dans les bras de son coéquipier en criant spontanément « *spasiba* » alors que les caméras de la télévision sont braquées directement sur lui en gros plan. Pour une rare fois, l'attaquant russe rit aux éclats. Après la partie, quand les journalistes lui demandent ce qu'il a crié avec autant d'émotion et qui a fait rire Kovtawsky, Félix façonne la réalité et affirme qu'il avait demandé la traduction de « merci » à son coéquipier russe dès qu'il avait été promu sur son trio, car il savait que ça fonctionnerait avec lui. L'histoire plaît à tout le monde!

Après avoir fait les délices de la presse avec cette anecdote savoureuse, Félix se précipite dans l'entrée de l'amphithéâtre pour rejoindre son petit groupe d'admirateurs. Avant même qu'il ait le temps de saluer tout son monde, Emma lui saute au cou et l'embrasse.

— Arrange-toi pas pour manquer l'autobus, mon beau petit *playboy*! lance Neveu qui suivait pas très loin derrière.

— Ah… c'est elle ta fameuse blonde dont tu nous parles sans arrêt! enchaîne Rémi Cholette en souriant.

Rouge de gêne et surtout très inquiet de ce que pourrait être le prochain commentaire, Félix prend Emma par la main pour retrouver sans tarder le reste du groupe qui attend pour le féliciter.

Félix Riopel @Rippy57

Spasiba Kovy. Fiche des Huskies depuis son arrivée à RN : 9-1. #Huskies #LHJMQ #Kovy #Spasiba

La venue de Kovtawsky et l'émergence de Félix ont transformé le visage des Huskies qui misent maintenant sur trois trios explosifs. L'arrivée des jeunes Loiselle et Vanelli a aussi apporté plus de profondeur à l'équipe.

C'est donc sans surprise qu'à la fin de février, la troupe de Richard Caisse devance Moncton pour se hisser dans le top trois des meilleures formations de la Ligue canadienne derrière Moose Jaw et Swift Current, tous deux de la Ligue de l'Ouest.

14

Prêts pour les séries

Mine de rien, depuis son retour au jeu, Félix a maintenu une moyenne de près d'un point par match. Recrue du mois de janvier dans le circuit, il fait parler de lui aux quatre coins de la ligue. Chaque fois qu'on lui pose des questions sur son surprenant rendement, il attribue ses succès à ses coéquipiers et à son entraîneur Richard Caisse. Son père serait fier de lui, songe-t-il très souvent, pas seulement de ses performances, mais aussi de sa façon de se comporter. Plus jeune, Félix avait la fâcheuse habitude de toujours prendre tout le crédit pour les réussites de ses équipes, ce qui déplaisait au plus haut point à André Riopel : « As-tu déjà entendu Sidney Crosby se vanter ? Ce sont les autres qui le louangent. Les vrais bons joueurs ne se vantent pas, parce qu'ils n'ont pas besoin de le faire. Ceux qui se vantent, ce sont ceux dont personne ne parle en bien. Quand tu seras vraiment un bon joueur, je suppose que tu vas arrêter de te mettre sur un piédestal», lui répétait-il régulièrement, exaspéré par l'attitude de son fils. «Je me fous que tu deviennes un bon joueur de hockey, ma seule priorité, c'est que tu deviennes une bonne personne», ajoutait toujours André en espérant que son rejeton finisse un jour par comprendre. Avant sa mort, il savait parfaitement que son petit Félix possédait un talent exceptionnel. Par contre, il ignorait ce qu'il en ferait et surtout quel genre d'homme il allait devenir.

Plus que jamais, Félix aimerait que son père soit là aujourd'hui pour voir l'homme qu'il est sur le point de devenir. Si son père n'avait pas bêtement sombré dans les eaux glaciales du lac Archambault, sa vie serait parfaite. Invariablement, chaque jour qui passe, il y a toujours un moment où Félix repense à cet instant tragique survenu il y a presque cinq ans déjà. Depuis cette balade funeste, pas une seule fois Félix n'est retourné faire une randonnée en motoneige. Pas une seule fois Félix n'est retourné à la pêche.

Félix va célébrer son dix-septième anniversaire de naissance dans quelques jours. Sauf que pour lui, il n'y a aucun doute, il est déjà un homme. À sept cents kilomètres de sa famille depuis plus de six mois, avec tout ce qu'il a vécu et entouré de joueurs

beaucoup plus vieux que lui, le monde de l'adoles-
cence semble déjà très loin derrière lui.

Le vingt-huit février, il va fêter sans sa famille et
ça l'attriste un peu. C'est probablement pour cela
qu'il pense très souvent à son père depuis quelques
jours. Si André Riopel était encore de ce monde, il
serait à Rouyn-Noranda chaque week-end et ça
serait la fête la fin de semaine prochaine. Mais sa
mère ne traversera jamais la réserve faunique de
La Vérendry en plein hiver. Emma pensait bien
venir passer le week-end à Rouyn-Noranda, or son
père n'a pas voulu l'autoriser à faire le voyage seule
en autobus, et Carl, qui a drôlement changé depuis
l'été dernier, ne sera pas là lui non plus.

Heureusement qu'il vit chez la famille Casault!
Ginette a promis qu'elle et son mari Jacques allaient
le fêter en grand samedi, après le match disputé en
après-midi face aux Tigres de Victoriaville. Elle lui
a même demandé ce qu'il souhaiterait manger pour
l'occasion.

Dans le vestiaire, de nombreuses histoires sau-
grenues circulent sur des joueurs qui auraient eu la
chance de tomber sur de jeunes couples comme
famille d'accueil. Au fil des années, selon la légende,
plusieurs hockeyeurs de la LHJMQ auraient même
eu des relations avec des hôtesses de pension. Félix
ne vit peut-être pas dans la demeure d'une jeune
épouse frivole et nymphomane, mais jamais il
n'échangerait sa place avec un autre. Chez les

Casault, il se sent chez lui, comme s'il était à Louiseville.

Samedi premier mars, au lendemain de son dix-septième anniversaire, Félix vit un véritable conte de fées en inscrivant son premier tour du chapeau en carrière dans la LHJMQ. Alors qu'il revendique deux filets à sa fiche, Caisse le prend par surprise en l'envoyant sur la patinoire au centre du trio défensif avec Zachary Webster et Jonathan Léveillé en toute fin de partie quand les Huskies sont en avance par un seul but et que les Tigres retirent leur gardien au profit d'un attaquant. Félix remporte la mise en jeu dans son territoire et dès lors, ses quatre coéquipiers tentent de lui remettre la rondelle pour qu'il marque dans un filet désert afin de compléter son tour du chapeau. Quand il touche la cible du centre de la patinoire, il ne se doute pas une seule petite seconde que sa mère Line, sa sœur Véronique et sa copine Emma pleurent de joie dans les estrades tandis que son meilleur ami Carl et son père Paul se sautent dans les bras en renversant leur bière sous le regard amusé de Vicky!

Une heure plus tard, à la grande surprise de Félix, ce joyeux groupe se retrouve chez les Casault pour célébrer comme il se doit son anniversaire et ce si bel exploit personnel.

— J'en reviens pas que vous soyez tous là! s'ex-clame Félix après avoir retrouvé son calme.

— C'est un petit effort collectif, Félix, commence par expliquer Paul. En premier, on avait pensé venir juste nous deux, Carl et moi. Pis ensuite ta mère a offert de louer une camionnette pour qu'elle et ta sœur embarquent avec nous. Là, Vicky s'est ajoutée au groupe, vu que c'était plus un voyage de gars!

— Et ta mère a aussi téléphoné à la mienne pour la convaincre de me laisser partir avec le groupe, ajoute Emma, blottie contre son amoureux. C'est vraiment merveilleux! Depuis le temps que je voulais venir voir à quoi ça ressemblait, ta vie à Rouyn-Noranda.

— Restez-vous pour la partie de demain contre l'Armada? enchaîne Félix encore sous le choc.

— Oui, mais on part tout de suite après, mon homme, répond Line qui s'était faite plutôt discrète depuis son arrivée chez les Casault.

— J'en reviens toujours pas! Merci, maman.

— Ginette a été extraordinaire pour arranger cette surprise. Elle a téléphoné à monsieur Lafrenière et nous avons sa bénédiction pour coucher ici ce soir, même si tu joues demain après-midi. Mais faut pas en parler pour ne pas faire de jaloux. C'est une exception aux règlements de l'équipe, raconte Line, tout heureuse.

— De toute façon, ils sont déjà tous jaloux parce que Félix est le seul qui a la chance de vivre avec nous! lance madame Casault en riant aux éclats.

C'est un véritable festin qu'ont préparé Jacques et Ginette Casault pour leur jeune pensionnaire et leurs convives. À table, pendant que les conversations s'entrecoupent, que les toasts et les plaisanteries se succèdent, Félix se détache involontairement du groupe et se perd un instant dans ses pensées. Pour quelques secondes, il se transforme en spectateur contemplatif et il se dit intérieurement que ça fait longtemps qu'il ne s'est pas senti aussi choyé par la vie. Puis il pense à la rondelle, sa rondelle. Celle que William Rousseau est allé cueillir dans le fond du but des Tigres quand il a concrétisé son tour du chapeau. S'il écoutait son cœur, il la donnerait à Emma pour se faire pardonner ce petit péché dont elle ignore l'existence. Mais sa mère qui l'a toujours aimé, soutenu, réconforté et encouragé la mérite encore plus. Et que dire de Carl, son meilleur ami et son seul confident? Sans son appui indéfectible, ses conseils et sa franchise, il ne se serait jamais retrouvé ici ce soir…

— Je pense que ta sœur a raison, Félix! commente Paul Lapierre en ricanant avec Jacques Casault.

— Raison… raison de quoi? Excusez-moi, j'étais dans la lune, avoue honnêtement le jeune fêté.

— Véro dit qu'on parle tellement fort que finalement, c'est toi qui devrais aller coucher à l'hôtel ce soir si tu veux être certain de dormir tantôt, explique Paul qui commence à avoir les pommettes rouges.

— Pas bête, se contente de répondre Félix en souriant. J'aimerais ça faire un petit *speech* de rien du tout, s'il vous plaît, ajoute-t-il en élevant légèrement la voix.

Le silence se fait dans la pièce.

— Depuis le mois d'août, on ne s'est pas vus souvent et je suis tellement content qu'on soit réunis tous ensemble ici. Je vais vous avouer que j'ai pas trouvé ça facile tous les jours de venir vivre tout seul à Rouyn-Noranda. Je m'ennuie énormément de Louiseville et c'est *tough* par moments. Si j'ai passé au travers, c'est grâce à monsieur et madame Casault qui sont devenus ma deuxième famille et j'en reviens pas que vous accueilliez tout le monde ici ce soir pour souper et coucher. Ça, c'est la *puck* de mon premier tour du chapeau chez les juniors. C'est pour vous.

Visiblement émue, les yeux pleins d'eau et le trémolo dans la voix, Ginette Casault se lève maladroitement en essuyant ses yeux avec la manche de sa veste de laine. La rondelette dame étreint Félix puis se dirige vers Line qui la serre contre elle en versant à son tour des larmes de joie.

— Mon p'tit vlimeux de Félix, t'as réussi à me faire brailler! C'est pas correct ça, lance-t-elle en rigolant. Ça fait une quinzaine d'années qu'on accueille des pensionnaires pour les Huskies pis t'es le premier à nous donner un beau cadeau de même.

— Ginette a raison, enchaîne Jacques. On en a eu des beaux cadeaux au fil des ans, mais jamais quelque chose comme ça. Ça n'a pas de prix, ça, Félix! Es-tu certain de ton affaire? T'aimerais pas mieux la donner à ta mère?

— Prenez-le pas mal, mais je lui garde la *puck* de mon premier but dans la Ligue nationale… Ça va valoir pas mal plus cher! répond-il du tac au tac avec un petit air arrogant qui déride encore une fois tout le monde.

Le dimanche après-midi, à l'aréna Iamgold, l'Armada de Blainville-Boisbriand surprend les Huskies qui encaissent un rare revers à domicile.

Motivé par la présence de sa famille et de ses amis, Félix se défonce et frappe tout ce qui bouge, ce qui n'empêche en rien les siens de baisser pavillon au compte de trois à zéro. Après l'affrontement, les salutations sont de courte durée puisqu'un long trajet attend la joyeuse bande de visiteurs.

> **Félix Riopel** @Rippy57
>
> Trop content d'avoir vu ma famille en fds. Trop content d'être un Husky. ☺

Deux semaines plus tard, c'est la fin de la saison régulière dans la Ligue de hockey junior majeur du Québec. Deuxième au classement général derrière les Wildcats de Moncton, l'été prochain, la formation de Rouyn-Noranda devra par conséquent céder l'excellent défenseur Justin Bishop aux Screaming Eagles du Cap-Breton comme le stipule la clause des considérations futures incluses dans la transaction de Kovtawsky.

Au premier tour des séries éliminatoires, les hommes de Richard Caisse affrontent les Cataractes de Shawinigan, qualifiés de justesse en vertu de leur quinzième position au classement.

Les deux premiers affrontements présentés en Abitibi laissent présager que le duel sera aussi inégal qu'expéditif. Bien préparés et assoiffés de victoires, les joueurs des Huskies infligent deux corrections à leurs rivaux en signant des gains sans équivoque au compte de six à un et de six à deux. Félix récolte une passe dans la première partie et deux autres dans la seconde.

Les deux jeunots des Huskies n'auraient pu demander mieux pour leur première expérience en séries de la LHJMQ. Tous deux originaires de la Mauricie, Félix Riopel et Cédrick Loiselle misent certainement sur une bonne cinquantaine de partisans pour les matchs disputés au Centre Bionest. Toutefois, l'aventure à Shawinigan est de courte durée. Les Huskies signent d'abord un gain de deux à un et l'emportent trois à zéro vingt-quatre heures plus tard. Ils balaient les Cataractes en quatre parties. Après s'être éclaté au lendemain de son anniversaire avec un tour du chapeau sous les yeux de ceux qu'il aime à Rouyn-Noranda, cette fois Félix n'amasse aucun point devant les parents et amis qui s'étaient déplacés pour assister à ses prouesses dans la Ville de l'électricité.

Félix Riopel @Rippy57

En séries depuis une semaine. Pas encore de barbe. Fais pitié à côté de Will Rousseau qui ressemble à un homme des cavernes! #HuskiesForTheCup

L'opposition sera plus féroce en deuxième ronde lorsque Rouyn-Noranda va croiser le fer face à Halifax qui a causé une surprise de taille en éliminant Québec au premier tour. Sixièmes au classement général, les Remparts avaient pourtant remporté leurs deux premiers matchs au Colisée, mais les Mooseheads ont enlevé les honneurs de toutes leurs parties à domicile pour ensuite aller triompher au Colisée Pepsi, lors du septième et ultime affrontement.

Nettement favoris et beaucoup plus reposés que leurs adversaires, les troupiers de Richard Caisse redoutent cette équipe qui a su aller puiser au fond de ses ressources pour venir à bout des Remparts.

Le scénario de la première ronde se répète pour les Mooseheads qui s'inclinent lors des deux premières joutes présentées en Abitibi. Si les Huskies défont aisément les visiteurs quatre à un en lever de rideau, l'histoire est différente lors de la deuxième partie durant laquelle Halifax vend chèrement sa peau et s'incline quatre à trois en deuxième période de prolongation. Pour la première fois depuis le début des séries éliminatoires, Félix voit son temps de jeu être sérieusement amputé. Responsable du troisième filet des Mooseheads à la suite d'un revirement idiot en zone neutre, il est instantanément mis de côté par l'entraîneur qui le laisse sécher au bout du banc. Plutôt que de se sentir frustré comme ça lui est déjà arrivé à maintes reprises dans le passé, cette fois, il a le sentiment d'avoir laissé tomber ses coéquipiers en commettant un jeu aussi risqué qu'inutile avec une mince avance d'un but.

Au début de ce long marathon, Caisse passe toutefois l'éponge très rapidement et le lendemain, à l'entraînement, Félix est de retour à son poste habituel à la droite de Kovtawsky sur le premier trio. Le coach n'a pas besoin de lui parler ou de lui montrer des séquences vidéo, il sait très bien que son jeune joueur ne se permettra plus ce genre de fantaisies d'ici la fin des séries éliminatoires... Un spinorama à la ligne rouge, quand ses compagnons de trio et les défenseurs retraitent au banc pour un changement, croyant qu'il allait lober la rondelle en fond de territoire, ce n'était certainement pas une idée très géniale.

Contrairement à la saison régulière, cette fois, les Huskies se déplacent en avion pour aller affronter l'équipe des Maritimes. En début d'après-midi, après un entraînement plutôt bref, Félix ressent un petit inconfort qui n'a rien à voir avec le hockey.

Félix Riopel @Rippy57

En route pour Halifax dans pas long. Un peu nerveux… premier trip en avion de ma vie. #LHJMQ #playoffs #HuskiesForTheCup

Le lendemain, en Nouvelle-Écosse, Félix et ses coéquipiers saisissent brusquement pourquoi les Mooseheads ont vaincu les Remparts trois fois de suite au Metro Centre. Construit au pied de la colline qui surplombe Halifax et abrite les vieilles forteresses en pierre de la citadelle, l'amphithéâtre ne paraît pas si imposant lorsqu'on s'y présente. Cependant, une fois à l'intérieur, on réalise qu'on se retrouve dans un lieu hostile où près de onze mille spectateurs enflammés s'entassent à chaque match en séries.

Les porte-couleurs des Huskies sont déjà sur la patinoire quand les joueurs des Mooseheads sortent du vestiaire pour le début de la rencontre. Un après l'autre, ils font leur entrée en passant en vitesse au travers d'une gigantesque tête d'orignal gonflée. Puis, alors que l'aréna se retrouve momentanément plongé dans l'obscurité, des logos du club sont projetés sur la glace et une chorale d'enfants entame l'hymne national.

Ce retour à domicile devant leurs partisans survoltés revigore les Mooseheads qui frappent tôt en marquant deux fois dans les cinq premières minutes de jeu pour chasser le gardien Dean Perron. Ce dernier se voit contraint de laisser sa place à son adjoint Francis Ouellette qui bloque tous les tirs dirigés vers lui pour le reste de la période. Caisse replace le vétéran devant le filet au début du second tiers, toutefois l'adversaire semble vraiment avoir son numéro. Perron cède deux autres fois et quand l'entraîneur le retire définitivement de la partie au milieu de l'engagement, il fracasse son bâton en arrivant au banc, lance son masque, son gant et son bouclier. Puis, en route vers le vestiaire, il se met à frapper comme un enragé sur tout ce qui lui tombe sous la main.

Les Mooseheads gagnent aisément la joute six à un.

Le lendemain, la photographie de Perron en train de projeter son équipement à bout de bras derrière le banc des Huskies orne la une de deux grands quotidiens de la province : *The Chronicle*

211

Herald et *The Halifax Metro*. Au début de l'entraînement, Pascal Milette mène les exercices alors que
Caisse passe de longues minutes à discuter seul à
seul avec son gardien de vingt ans.

Une heure plus tard, avant de se diriger vers les
douches, l'entraîneur-chef prend la parole au centre
de la glace. Le message est aussi bref que simple.

— On gagne demain et on retourne à la maison
avec une chance de les éliminer. Le pointage d'hier,
c'est pas important. Qu'on perde en troisième
période de prolongation ou qu'on perde huit à zéro,
une défaite, c'est une défaite. La seule chose qui est
importante, c'est comment on va se relever demain.
Je vous l'ai répété cent fois au moins : c'est pas
comment tu tombes qui m'inquiète, c'est comment
tu te relèves qui m'intéresse. Et demain, je veux
vous voir vous relever avec fierté. C'est important
qu'on agisse en champions parce que je sais qu'on
va retomber encore souvent d'ici à ce qu'on remporte la Coupe Memorial.

Le lendemain, contre toute attente, le pilote des
Huskies lance Ouellette dans la mêlée. Pas nerveux
parce qu'il ne pensait pas jouer et assez confiant à
la suite de sa performance de la dernière partie, il
effectue du boulot très honnête devant la cage des
visiteurs. Plutôt silencieux depuis le début des
séries, le capitaine Marc-Olivier Laflamme fait
scintiller la lumière rouge à deux reprises alors que
les défenseurs Éric Boisvert et Justin Bishop enre-

gistrent leur premier filet des séries. Les Huskies l'emportent quatre à deux et infligent du coup aux Mooseheads leur premier revers des séries à domicile.

Deux jours plus tard, à Rouyn-Noranda, Perron est de retour à son poste et il se dresse magistralement devant des Mooseheads énergiques, résolus à ne pas mourir tout de suite. Pour sa part, Félix enfile enfin un but en séries quand il capitalise sur un retour de lancer lors d'une attaque massive, en milieu de première période. Le petit imberbe ajoute une mention d'aide en début de troisième. Les Huskies disposent à nouveau de leurs rivaux quatre à deux pour ainsi les éliminer et passer en demi-finale.

Après deux rondes de séries et neuf parties disputées, le jeune numéro cinquante-sept revendique un but et quatre passes.

> **Félix Riopel** @Rippy57
>
> Les Huskies en demi-finale! Who's next?
> #HuskiesForTheCup

En demi-finale, c'est au tour de l'Océanic de Rimouski de se retrouver sur le chemin des Huskies. Précédemment victorieuse contre Baie-Comeau et

Saint-John, la formation du Bas-du-Fleuve a terminé l'année en troisième position du classement général. Dans l'autre série, les champions de la saison régulière, les Wildcats de Moncton, se mesurent aux Olympiques de Gatineau qui ont conclu le calendrier au cinquième échelon.

Menés par la jeune sensation Cédrick Bernier, qui devrait entendre son nom dès le début du premier tour lors du prochain repêchage en juin, les visiteurs causent une surprise en enlevant la première joute disputée à Rouyn-Noranda. Grand joueur de centre de six pieds deux, pesant plus de deux cent vingt livres, Bernier a tout ce qu'il faut selon les dépisteurs pour suivre les traces d'anciennes vedettes de la formation rimouskoise comme Vincent Lecavalier, Brad Richards et Sidney Crosby. Sa prestation électrisante de deux buts et trois passes le propulse au premier rang des marqueurs des séries et permet surtout aux Nics de l'emporter six à quatre pour ainsi soutirer l'avantage de la glace aux Huskies.

Le premier trio de Rouyn-Noranda paraît assez mal dans la défaite avec un différentiel de moins trois. Caisse décide de placer un peu plus de muscles aux côtés des deux joueurs européens afin de mieux contrer la jeune vedette de dix-huit ans de l'Océanic. Xavier Neveu s'amène en renfort et Félix écope. Par contre, cette destitution s'accompagne d'un prix de consolation très intéressant pour Félix, qui retourne à sa position de prédilection au centre… Mais cette fois pas sur le troisième trio, plutôt au centre de la deuxième unité entre Marc-Olivier Laflamme et Joey MacIntosh.

Félix Riopel @Rippy57

Bonne pratique hier et à matin! Prêt pour à soir!
#HuskiesForTheCup

Comme c'est toujours le cas lors des jours de matchs, Félix ne va pas à l'école. Après l'entraînement matinal, ses coéquipiers et lui sont demeurés à l'aréna plus longtemps qu'à l'habitude pour une séance vidéo qui trop souvent avait des allures de film d'horreur. Bernier a certes livré une performance colossale, mais les troupiers de Richard Caisse l'ont aidé à bien paraître.

Affamé, Félix engloutit deux grosses assiettes de lasagne en arrivant à sa pension, puis il descend dans sa chambre du sous-sol pour l'incontournable petite sieste d'après-midi, rituel si essentiel dans la routine des joueurs de hockey.

Incapable de trouver le sommeil, le jeune homme part plus tôt qu'à l'habitude pour l'aréna Iamgold. Tant qu'à tourner en rond dans son lit, aussi bien commencer tout de suite à s'imprégner de l'atmosphère unique d'un match de série. Car plus on s'approche du but ultime et plus on sent concrètement l'excitation et l'adrénaline gagner les joueurs. Les athlètes d'exception parviennent à apprivoiser ces stimuli pour en tirer profit. Les autres se retrouvent pétrifiés par le stress, l'émotion et la peur. Malgré son jeune âge, Félix est bien conscient de tout ça. C'est pourquoi, à quinze heures trente, il est déjà assis dans les gradins de l'aréna, visualisant la soirée de travail qui s'annonce en écoutant du Pitbull. En survêtement, la casquette bien enfoncée sur le crâne et les yeux fermés, il s'est installé dans les hauteurs de l'amphithéâtre avec un bâton entre les mains. Dans quatre heures, la place sera pleine à craquer et il y régnera une ambiance de foire… Pour le moment, il est seul avec ses rêves, savourant précieusement cet instant de solitude.

Pendant ce temps, Richard Caisse, qui sort de la douche, s'habille dans son bureau en repensant encore à ce qu'il va faire ce soir contre l'Océanic. L'entraîneur-chef des Huskies est arrivé à l'aréna depuis six heures quinze. Comme à son habitude, il n'a négligé aucun détail. Il a regardé de nombreuses séquences vidéo, préparé et tenu son entraînement, procédé à une réunion d'équipe, rencontré des joueurs individuellement et consulté ses adjoints pour finalement libérer tout le monde à temps pour le lunch. Ensuite, le coach est allé suer deux heures dans la salle de conditionnement physique. Si Caisse se questionne autant, c'est qu'il n'a jamais été le genre d'entraîneur qui cherche à s'adapter à son rival et ce soir il va faire exception à ses propres règles en jonglant avec ses trois premiers trios pour réagir face à la force de frappe de Rimouski.

Après la partie, le pilote des Huskies passe pour un génie, or le triomphe de sa troupe n'a rien à voir avec la stratégie. Le résultat final est plutôt la conséquence de l'effort combiné de deux individus : Dmitri Kovtawsky, qui a inscrit deux buts de toute beauté, et Dean Perron, qui a connu une superbe soirée de travail dans un gain de quatre à un. Flanqué de Laflamme et MacIntosh, Félix donne raison à son entraîneur. Plus à l'aise au centre, il transporte plus souvent la rondelle, se démarque mieux et crée de meilleures occasions à l'attaque.

Félix Riopel @Rippy57

On est de retour ds la série ! Grosse victoire de 4-1. Encore du grand Kovy. Spasiba ! #HuskiesForTheCup

---

Quatre jours plus tard, quand les Huskies et l'Océanic reviennent en Abitibi, la série est égale avec deux victoires de chaque côté. Les deux affrontements tenus à Rimouski se sont soldés par des pointages identiques de deux à un, le premier allant à l'avantage des visiteurs puis le second à l'équipe locale.

217

Félix avait une idée de ce qui l'attendait, mais c'est encore plus exigeant que ce qu'il avait imaginé. Depuis le début des séries éliminatoires, le jeu devient plus rude à chaque partie. Sur la glace, chaque centimètre d'espace doit être gagné d'arrache-pied, les mises en échec sont plus percutantes, les coups de l'adversaire sont plus vicieux et le temps de réaction est devenu pratiquement inexistant. En dehors de la patinoire, les déplacements à Shawinigan, Halifax et Rimouski commencent à peser. Légère-ment blessé à la cheville gauche lors du dernier match à Rimouski, Félix a eu du mal à dormir la nuit dernière. Le matin de la cinquième rencontre, il a encore besoin de ses béquilles pour se déplacer.

— C'est pas trop beau ça, Félix, dit le docteur Séguin en examinant son pied enflé, teinté de rouge grenat et parsemé de filets de couleur aubergine et bleu foncé. Selon moi, ce n'est qu'une entorse. On va passer des radiographies dès que l'enflure aura disparu pour confirmer qu'il n'y a rien de cassé.

— Si y a rien de cassé, ça veut dire que je peux jouer ce soir? demande Félix avec une lueur d'espoir dans les yeux.

— De un, il faudra au moins attendre à demain pour les radiographies. De deux, t'es même pas capable de marcher. Comment veux-tu patiner?

— Sais pas. Ça fait des années que j'entends des histoires de gars qui jouent blessés, explique-t-il très sérieusement. Je pensais qu'y avait des piqûres contre la douleur ? Sinon, y a pas moyen de mettre du ruban ou quelque chose d'autre ?

— Non. Et si on prend des risques, au lieu de guérir en trois ou quatre jours, ça va prendre trois ou quatre semaines. Le coach va être le premier à te le dire, t'aideras jamais ton équipe en essayant de jouer blessé. Fais-moi confiance. De toute façon, t'as pas tellement le choix !

Résigné et impuissant face à la situation, Félix assiste au revers des Huskies quelques heures plus tard alors que les visiteurs l'emportent quatre à un à l'aréna Iamgold. Sa frustration est d'autant plus grande qu'il voit son équipe gaspiller six avantages numériques. L'attaque de Rouyn-Noranda est en panne avec une production de seulement quatre buts lors des trois dernières parties. Dans les médias, on commence à s'inquiéter, et pour cause : les Huskies feront face à l'élimination dans quarante-huit heures au Colisée de Rimouski.

Deux jours plus tard, la tension est aisément palpable dans l'entourage de l'équipe. Espérant inutilement pouvoir effectuer un retour au jeu hâtif, Félix a pratiquement toujours gardé le pied gauche dans la glace. Il se sent réellement mieux, mais malheureusement pas assez pour être capable de renouer avec l'action. Les nouvelles sont tout de même réjouissantes puisque les examens ont confirmé qu'il ne s'agit que d'une entorse. Il faut malgré tout attendre que l'enflure se résorbe et que la douleur disparaisse.

Après la période d'échauffement, avant que ses troupiers sautent sur la patinoire, Caisse fait irruption dans le vestiaire comme à l'habitude. Les mains dans les poches, l'air désinvolte, l'entraîneur défile lentement devant ses joueurs sans dire un seul mot, comme s'il réfléchissait encore pour trouver la phrase qui pourrait allumer une étincelle.

— Je ne ferai pas un gros *speech*, les *boys*, se contente-t-il de dire calmement pour débuter. L'heure n'est plus aux belles paroles. C'est trop tard pour les discours comme dans les films, parce que ce soir, c'est peut-être bien votre dernier match ensemble. L'an prochain, les Huskies vont revenir, mais ça ne sera pas la même gang. Y a trois gars de vingt ans qui seront passés à autre chose : Perron, Neveu et Rousseau. Boisvert, Laflamme, Isner et Kovtawsky vont jouer dans la Ligue américaine. Je viens de nommer sept joueurs… sept gars pour qui c'est peut-être la dernière *game* à vie avec ce chandail-là… si on perd.

Caisse cesse d'arpenter le vestiaire de long en large. Après avoir fait une pause de quelques secondes pour que les gars réalisent ce qu'il vient de dire, il se déplace devant chacun des sept joueurs qu'il a nommés et poursuit son allocution en les fixant l'un après l'autre dans le blanc des yeux, sans même poser son regard sur les autres.

— Dans ma carrière, je n'ai jamais exigé une victoire, car c'est impossible. Je vous demande juste de tout donner ce soir pour les sept vétérans que je viens juste de nommer. Pis si ces gars-là ne se lèvent pas ce soir, ça veut dire que les dernières années ne représentent absolument rien pour eux. Ça veut dire qu'ils auront travaillé depuis trois ou quatre ans pour finir leur carrière junior les mains vides.

Posté en retrait dans le coin, près de l'entrée des douches, Félix écoute l'entraîneur, appuyé sur ses béquilles. Il aimerait tellement pouvoir jouer pour lui ce soir. Quand Caisse referme la porte derrière lui, le capitaine Laflamme se lève et beugle un cri sauvage, un retentissant «yeeeah» qui veut tout dire.

— *Let's go, boys! Let's do it*, enchaîne-t-il ensuite debout au centre du vestiaire avant de partir comme un enragé vers le couloir qui mène à la glace.

Meilleure équipe de la LHJMQ dans les deux derniers mois de la saison, l'Océanic ouvre la marque au milieu du premier tiers alors que Cédrick Loiselle est assis au banc des punitions. C'est toujours le pointage à la conclusion de la période. La saison des Huskies pourrait se conclure abruptement dans quarante minutes.

En début de deuxième période, Dylon Vanelli ramène les deux formations à la case départ en décochant un tir à la suite d'une mise au jeu remportée par Mathis Lecours en territoire ennemi. Contre toute attente, le joueur d'origine italienne touche à nouveau la cible moins de cinq minutes plus tard en marquant lors d'une échappée. C'est la consécration pour l'attaquant à peine âgé de dix-huit ans, rappelé du junior AAA à la période des fêtes. Évoluant la plupart du temps sur le quatrième trio, la blessure de Félix a permis à Vanelli de graduer sur la troisième unité avec Lecours et Bouchard. Le jeune adulte a su profiter de cette promotion avec brio.

Avec quarante-deux secondes à écouler au troisième engagement, William Rousseau concrétise le triomphe des visiteurs en lançant la rondelle dans un filet désert. Les Huskies l'emportent trois à un et provoquent la présentation d'un septième et décisif match à Rouyn-Noranda où l'Océanic est parvenu à gagner deux fois sur trois dans cette demi-finale.

Contrairement à l'habitude, plutôt que de servir à l'entraînement, la journée de la veille a été exclusivement consacrée à la récupération et au voyagement entre Rimouski et Rouyn-Noranda.

Généralement, ce long trajet nécessite une douzaine d'heures d'autobus et le retour à la maison s'effectue souvent de nuit sitôt la partie terminée. En fonctionnant ainsi, les Huskies (comme les autres équipes) économisent une quinzaine de chambres d'hôtel et les allocations de repas.

Cette fois, Dany Lafrenière a débloqué suffisamment d'argent pour que tout le monde dorme à Rimouski puis rentre à Rouyn-Noranda le lendemain en avion. De retour en Abitibi, le directeur général a aussi réservé vingt-cinq places au restaurant thaïlandais de la rue Principale et il a demandé au capitaine de regrouper tous ses joueurs pour un souper d'équipe. Tout est arrangé, il passera régler la note le lendemain.

Quand ils sont rassemblés en dehors de la patinoire, les joueurs des Huskies trouvent toujours un prétexte pour s'amuser et rigoler. Il y a rarement une minute qui s'écoule sans que quelqu'un lance une bonne blague ou une raillerie aux dépens d'un coéquipier. Le sarcasme et l'ironie, c'est bien souvent le propre du hockeyeur et c'est particulièrement vrai dans ce groupe où il n'y a aucune place pour la susceptibilité. Ça se déroule toujours ainsi. Il n'y a jamais d'exception. Dès qu'un joueur perçoit une faiblesse, il attaque et se moque en espérant provoquer une réaction. Une nouvelle coupe de cheveux, une histoire avec une fille, une mauvaise note à l'école, un chandail aux couleurs voyantes,

tout sujet peut déclencher une plaisanterie dou-
teuse. Loiselle, qui s'est fait surprendre à écouter du
Justin Bieber dans le vestiaire en janvier, en paye
d'ailleurs encore le prix aujourd'hui !

Lors du souper au restaurant thaï, à vingt-quatre
heures du match fatidique face à l'Océanic, personne ne fait de blagues. Personne ne parle fort.
Personne n'essaie de voler la vedette. Calmes et
confiants, les hommes de Richard Caisse ont surtout passé une heure et demie ensemble, loin des
distractions. La seule initiative de Laflamme a été
de demander à chacun de laisser son téléphone
portable éteint, dans une boîte près de sa table.

Le lendemain, à l'entraînement matinal, Félix
chausse enfin les patins. L'enflure à sa cheville a
entièrement disparu, mais la douleur persiste. Il a
beau tenter de pousser, c'est impossible. Déçu et
frustré, après quatre tours de patinoire, il abdique
et rentre au vestiaire.

Félix Riopel @Rippy57

Out again tonight. J'ai confiance en mes
coéquipiers. Let's do it. #HuskiesForTheCup

De toute sa vie, Félix n'a jamais assisté à quelque
chose de comparable. Si les partisans des Huskies
étaient en liesse lors du premier match de Dmitri
Kovtawsky, ce soir, ils sont complètement mabouls.

Dans l'aréna Iamgold, l'ambiance est tout simplement démentielle. Les partisans réagissent bruyamment et chaque passe, chaque tir, chaque revirement, chaque mise en échec prennent des proportions démesurées.

En milieu de deuxième engagement, quand Neveu et Archambault marquent tour à tour en l'espace de cinquante secondes, l'amphithéâtre vibre comme s'il était brusquement secoué par un tremblement de terre. Avec un soudain recul de deux à zéro, Jean-François Friolet, l'entraîneur de l'Océanic, demande un temps d'arrêt pour calmer sa troupe et les ardeurs des spectateurs.

La décision porte fruit. Rimouski se ressaisit et quand les deux équipes retraitent sous les gradins, l'écart a été réduit, c'est deux à un, grâce à un but de Cedrick Bernier, qui s'illustre brillamment.

Finalement, Rouyn-Noranda tient le coup en troisième période. Avec quatre minutes à écouler au cadran, Kovtawsky touche même la cible lors d'une supériorité numérique pour jeter l'hystérie dans la foule. Justin Bishop met le point final à la partie en marquant dans un filet désert et confirme du coup le gain des Huskies et l'élimination de l'Océanic qui aura chèrement vendu sa peau.

15

En route vers Kitchener

Si les Rimouskois ont été bien près de déjouer les pronostics de la plupart des experts, dans l'autre série, les Olympiques de Gatineau ont causé une immense surprise en venant à bout des champions de la saison régulière, les puissants Wildcats de Moncton. À Rouyn-Noranda, on imagine déjà les Huskies accéder à la Coupe Memorial, car pour cette dernière étape, ils affronteront maintenant une équipe face à laquelle ils ont connu énormément de succès lors du calendrier régulier.

Les trois jours de répit prévus avant le début de la finale s'avèrent salutaires pour Félix. La douleur s'est amenuisée et une fois la cheville bien enrubannée, il peut patiner de nouveau comme si de rien n'était. C'est évidemment une excellente nouvelle pour lui, mais aussi pour l'organisation des Huskies puisque le vétéran Raphaël Bouchard est tombé au combat lors de l'ultime partie face à l'Océanic. Frappé par-derrière par le défenseur Luke Thompson, il souffre de spasmes au dos et il devrait s'absenter du jeu au moins une semaine.

Inondé de messages d'encouragement, Félix a pris la sage décision de se couper du monde dès le début des séries… au grand désarroi de sa mère. Premièrement, c'est devenu extrêmement difficile de le joindre par téléphone et il n'ouvre plus son ordinateur pour aller sur Skype ou Facebook. Deuxièmement, il ne va presque plus à l'école. Même s'il répète à sa mère que les enseignants de la polyvalente Iberville lui ont dit de ne pas s'inquiéter avec ses notes, elle en fait quand même tout un plat chaque fois qu'ils se parlent.

Avant le début de la finale contre Gatineau, Caisse a également ordonné à ses joueurs de délaisser Twitter pour toute la durée de l'aventure des séries. Félix vit donc plus ou moins une retraite fermée. Ses déplacements se limitent à des allers-retours entre la maison des Casault et l'aréna. Il communique presque exclusivement en acheminant de brefs messages texte et il ne regarde même plus ceux qui rentrent pour éviter les distractions.

Comme la disette offensive de son équipe aurait pu avoir des effets dévastateurs contre Rimouski, l'entraîneur n'hésite pas à replacer immédiatement Félix au centre du deuxième trio pour essayer de relancer l'attaque.

Malgré l'énergie et l'émotion laissées dans la dernière ronde éliminatoire face à l'Océanic, les Huskies sortent en lion lors du premier match de la finale. Devant sa mère et sa sœur, Félix célèbre son retour au jeu en enfilant deux buts, dont un en avantage numérique, et la formation abitibienne renverse facilement les Olympiques par la marque de cinq à deux.

— Wow! Bravo, l'frère, lance fièrement Véronique dans le hall d'entrée de l'aréna après la partie. On devrait venir te voir jouer plus souvent! On dirait qu'on te porte chance. Cinq buts en trois parties quand on est dans les estrades!

— Bon point, ça, Véro, répond Félix en la prenant dans ses bras pour la serrer contre lui tandis que Line attend son tour, juste à côté.

— Es-tu certain que ta commotion est pas revenue? D'habitude, t'as honte de t'afficher avec moi, pis là, tu me fais un gros câlin en plein dans l'entrée de l'aréna! C'est pas très normal, ça! plaisante sa sœur.

— C'est juste parce que je ne te vois pas souvent, alors tu ne peux pas me taper sur les nerfs, rétorque Félix en lui lançant un clin d'œil tout en se déplaçant de quelques centimètres sur sa gauche pour enlacer sa mère.

— Bravo, mon homme! Je suis tellement fière de toi. Ça te tenterais-tu d'aller manger un p'tit quelque chose avant d'aller chez les Casault? demande Line.

Comme on est samedi soir, je me suis permis de réserver une table pour être certaine!

— Un p'tit quelque chose! Tu veux dire un gros quelque chose, mom! répond Félix. Mais à condition que tu ne me parles pas de l'école… et je suis sérieux.

— D'accord. Je ne te parle pas de l'école et toi tu ne m'achales plus pour que je prenne des vacances pour aller à Kitchener si vous vous rendez jusqu'à la Coupe Memorial.

Comme le joyeux trio s'apprête à partir, un homme dans le début de la quarantaine s'avance pour se présenter. Tiré à quatre épingles, cheveux courts, noirs et à peine grisonnants, il offre une poignée de main ferme à Félix. L'individu qui se trouve devant lui semble être un athlète. Probablement un ancien joueur des Huskies.

— Jacques Melançon, se présente-t-il, vous avez sûrement déjà entendu parler de moi. Je suis agent de joueurs et ici je représente Murray Wilkinson, Joey MacIntosh et Allan Lavoie. C'est la première fois que je vous vois à Rouyn-Noranda, madame Riopel, mais ça fait longtemps que je veux vous rencontrer, enchaîne-t-il. Votre fils a une fichue de belle carrière devant lui. Je suis persuadé qu'il va bien gagner sa vie en jouant au hockey et si jamais un jour, ça vous tente de me rencontrer pour jaser, je vous expliquerai comment je peux vous aider et en quoi consiste mon travail d'agent.

— Merci, monsieur Melançon. C'est vraiment très gentil de votre part, répond Line. C'est certain que ça ne sera pas ce soir parce que là on s'en va manger au restaurant, mais peut-être une autre fois.

— Pis en plus, c'est certain que ça ne sera pas pendant la finale, ajoute Félix. S'il vous voyait jaser avec nous, Richard Caisse serait en colère, alors on prendra pas de chance de le faire fâcher.

— Je sais ça ! C'est assez rétrograde comme mentalité si tu veux mon avis, mon jeune, commente Melançon. Je vais vous dire que moi, quand y a un de mes clients qui a le goût de me voir, y a pas un seul entraîneur au monde qui va venir me dire quoi faire. Que le gars s'appelle Richard Caisse, John Tortorella ou même Scotty Bowman, ça ne me dérange pas. D'ailleurs, Félix, j'ai pas trop aimé la façon dont on t'a utilisé ici avant les fêtes et ça ne se serait pas passé comme ça si j'avais été ton agent… Comme y aurait jamais été question de suspension ou de renvoi au midget AAA, conclut l'homme en remettant une carte professionnelle à Line et à Félix.

— De quoi vous parlez, monsieur Melançon ? Quelle suspension ? C'est quoi l'affaire du midget AAA ? demande Félix pour tester l'homme.

— Ne fais pas l'innocent, Félix ! Y a rien qui échappe à Jacques Melançon. Oh… Fais attention, ton coach arrive !

Une fois bien assis au restaurant La Muse Gueule, Véronique, Line et Félix parlent un long moment de la rencontre avec cet agent. Line n'a pas du tout apprécié ce premier contact et la façon arrogante dont Melançon se moquait des règlements de Richard Caisse. Félix, lui, a été plutôt impressionné par sa prestance et les informations privilégiées qu'il détenait.

Comme les parents des joueurs ne sont pas autorisés à coucher chez les familles de pension pendant les séries éliminatoires, les Riopel étirent la discussion jusqu'à la limite du couvre-feu. Plus jasant qu'à l'habitude, Félix en a beaucoup à raconter à sa mère et à sa sœur. Il leur confie quelques secrets amusants sur l'équipe et s'informe de Carl, d'Emma et de ses autres amis de la Mauricie. Line trouve étrange que son fils refuse encore systématiquement d'aborder le sujet de Cédrick Loiselle. Félix a beau le détester, ils sont originaires du même coin de pays. Il pourrait se montrer beau joueur envers lui et enterrer la hache de guerre… Mais il n'y a rien à faire pour l'instant. Que le gros défenseur se soit amélioré ne change rien à la situation, Félix a décidé de l'ignorer. Il est incapable de sympathiser avec ce gars-là, c'est viscéral.

La rencontre inattendue avec Melançon tombe vite dans l'oubli. Félix mène certes une petite enquête dans le vestiaire en posant quelques questions à gauche et à droite, mais sans plus. Les commentaires de l'agent l'ont réellement intrigué, toutefois il a vite tourné la page. Melançon ne sera sûrement pas le dernier à lui offrir ses services.

Le lundi soir, lors du deuxième match de la finale, le numéro cinquante-sept se fait complice des buts de Laflamme et MacIntosh en plus d'obtenir une autre passe sur un filet inscrit en avantage numérique par Boisvert. Les Huskies ébranlent solidement la confiance de leur adversaire avec une victoire sans équivoque de six à deux. Après avoir récolté un but et quatre mentions d'aide lors de ses treize premières rencontres en séries, le petit attaquant originaire de Louiseville vient de s'éclater avec cinq points en deux parties. Sur les sites Web de *L'Abitibi Express* et de *La Frontière*, les journalistes Gabriel Gauthier et Christian Laperrière lui consacrent des articles élogieux.

Les représentants de l'Abitibi remettent ça deux jours plus tard à l'aréna Robert-Guertin de Gatineau. Cette fois, c'est Kovtawsky qui joue les héros en enfilant les trois buts des siens alors que Dean Perron stoppe les vingt-trois tirs dirigés vers lui pour signer son deuxième jeu blanc des séries.

Loin d'abdiquer, les Olympiques reviennent en force pour éviter l'affront d'un balayage devant leurs partisans en battant les visiteurs trois à deux lors de la quatrième rencontre de la finale.

Quand les Huskies rentrent à la maison pour la cinquième partie, les partisans ont déjà commencé à célébrer la conquête de leurs favoris. Au moment où Rouyn-Noranda s'est forgé une avance de trois à zéro dans la série, d'indéfectibles supporteurs ont décidé de former un groupe qui ira encourager l'équipe à Kitchener pour la Coupe Memorial. Ils prendront l'autobus et se promettent déjà de bien s'amuser.

Visiblement à bout de souffle, les Olympiques semblent avoir tout donné lors du duel face aux Wildcats en demi-finale. Leur belle aventure prend fin à Rouyn-Noranda lorsqu'ils rendent les armes dans la cinquième partie de la finale et qu'ils s'avouent vaincus par la marque de trois à un.

Quand la sirène se fait entendre après la dernière seconde de jeu, le banc des Huskies se vide d'un trait et tous les joueurs se précipitent vers le gardien Dean Perron qui les attend en se laissant glisser au centre de la patinoire, les bras vers le ciel. *We are the champions*, l'incontournable succès du groupe Queen, joue à tue-tête dans l'amphithéâtre. Pendant que les joueurs s'enlacent en criant et en pleurant de joie, Richard Caisse et Dany Lafrenière se félicitent sobrement derrière le banc des joueurs en se serrant la main. Ils ont gagné leur pari : les Huskies remportent la prestigieuse Coupe du Président remise aux champions des séries éliminatoires de la LHJMQ.

Au même instant, bien installé chez lui devant sa télé à Cap-Breton, Jeffrey Dunlop, le directeur général des Screaming Eagles, regarde le match en direct et il se frotte les mains de satisfaction. Ce triomphe des Huskies ajoute officiellement l'attaquant de dix-huit ans Joey MacIntosh à la transaction pour Kovtawsky.

Les pauvres représentants des Olympiques n'étaient tout simplement pas de taille. Épuisés physiquement et mentalement à la suite de trois rondes exténuantes, ils n'ont jamais été en mesure d'offrir une opposition farouche aux Huskies. Équipe cendrillon du printemps, Gatineau aura à tout le moins le mérite d'y avoir cru jusqu'à la fin.

Quand Gilles Courteau, le commissaire de la ligue, remet le précieux trophée au capitaine Marc-Olivier Laflamme, ce dernier prend tout le monde par surprise. Plutôt que de soulever la coupe, il saisit d'abord le micro et pointe ses coéquipiers qui attendent le signal, impatients de quitter leur ligne bleue pour le rejoindre au centre de la glace et continuer les célébrations. De nature plutôt réservée en public, Laflamme prend la parole.

— C'était notre dernier match de l'année, ici devant vous, hurle-t-il, les larmes aux yeux. C'était le dernier match de ma vie ici. Je suis vraiment fier de mes coéquipiers et j'espère que vous êtes fiers vous autres aussi ! Y a une dizaine de jours, on était à quarante minutes de se faire éliminer par Rimouski, pis aujourd'hui, on gagne ce trophée-là pour la première fois de l'histoire des Huskies! C'est pour vous, cette belle grosse coupe-là!

En lançant cette dernière phrase, Laflamme jette l'hystérie dans la foule. Les partisans attendaient cette consécration depuis la création de l'équipe en 1996. Dans les gradins, plusieurs fans ne peuvent contenir leurs larmes. Carl, qui a fait le voyage tout seul en autobus, ne se retient plus pour pleurer. Il n'a jamais été aussi fier de son ami, mais en même temps, il y a aussi de la tristesse dans ces sanglots puisqu'il sait trop bien que ça ne sera plus jamais comme avant entre Félix et lui. Il s'embourbe dans un quotidien ennuyeux, alors que son meilleur ami a amorcé une nouvelle vie trépidante. Leurs chemins ont déjà commencé à se séparer. Il a le triste pressentiment que dans peu de temps ils vivront dans deux mondes différents.

Jacques et Ginette Casault ne peuvent pas non plus retenir ce trop-plein d'émotion. Les sympathiques sexagénaires accueillent des joueurs des Huskies depuis belle lurette, et après toutes ces saisons de vaches maigres, comme la majorité des autres partisans, ils en étaient venus à perdre espoir. En fait, ils n'espéraient même plus vivre un moment semblable de leur vivant.

Pressés de parader avec la coupe, les joueurs des Huskies continuent de crier en saluant la foule. Stupéfaits comme leurs coéquipiers, les assistants

Éric Boisvert, William Rousseau et Xavier Neveu quittent le groupe pour rejoindre leur capitaine qui demeure seul au bout du tapis rouge en continuant d'encourager les spectateurs!

— Voyons donc, Mo! Ça va faire, les *speechs*! crie Neveu qui s'est avancé avec les deux autres adjoints.

— Attendez un peu, les *boys*! hurle-t-il à l'oreille de son copain pour bien se faire entendre à travers tout ce bruit. Donnez-moi encore trente secondes!

Incrédules, les trois autres joueurs des Huskies imitent quand même Laflamme en levant aussi les poings au ciel pour savourer ce moment unique. En croisant le regard du commissaire qui hoche la tête sur le côté, plutôt que de soulever la coupe, le capitaine des Huskies reprend le micro.

— Le party est pas fini à Rouyn-Noranda. Gardez-vous de l'énergie parce que dans deux semaines, on va revenir fêter avec vous… pis on va faire une belle parade avec la Coupe Memorial!

Il remet le micro au commissaire encore éberlué, tend les mains à ses adjoints et les quatre joueurs soulèvent ensemble la Coupe du Président à l'unisson. Sans perdre de temps, les autres membres des Huskies les rejoignent au centre pendant que le DJ remet *We are the champions* en boucle.

C'est le délire dans l'amphithéâtre.

Quand tout le monde se retrouve dans le vestiaire, Richard Caisse réunit son groupe à huis clos quelques minutes, le temps d'expliquer rapidement ce qui attendra maintenant les Huskies.

— Premièrement, vous direz ce que vous voudrez, mais y aura pas de bière qui va rentrer dans le vestiaire parce qu'on a deux mineurs dans l'équipe. Vous ferez le party dans dix minutes, commence-t-il par expliquer en se faisant amicalement huer. Je ne téléphonerai pas dans vos pensions, mais à une heure du matin, je veux que tout le monde soit rentré. On se revoit demain matin, ici, à neuf heures.

— *Come on, coach!* On vient de gagner la Coupe du Président, tu peux pas nous faire ça à soir, intervient Raphaël Bouchard qui se fait le porte-parole de tout le groupe. Une petite bière chaque, c'est pas la fin du monde!

— J'aurais le goût de vous dire: « *Let's go, boys*, lâchez-vous lousse!» Et ça serait mérité en batinse! Mais le vrai party, vous le ferez quand on aura gagné la Coupe Memorial. Y a-tu quelqu'un ici qui est content avec ça pis qui n'a pas d'intérêt pour la Coupe Memorial? demande Caisse en prenant une pause de deux secondes. Non? C'est ça que je pensais. Demain à neuf heures, on va commencer par vous expliquer l'horaire qui s'en vient. Ensuite, on va regarder des séances vidéo pour vous montrer ce qui nous attend et à midi on va sauter sur la patinoire. Avez-vous d'autres commentaires ? Parce que là, plus je jase et moins il vous reste de temps pour faire la fiesta !

Caisse tourne les talons et quitte la chambre sous les huées amusées. Il s'arrête en passant près de Chico.

— Oublie ce que j'ai dit aux *boys*, tu peux rentrer deux caisses de bière dans le vestiaire, murmure-t-il à l'oreille du préposé à l'équipement. Mais je ne veux pas voir une seule bouteille de champagne. On n'a pas encore atteint notre objectif.

16

La Coupe Memorial

Au cours de la prochaine semaine, au Kitchener Memorial Auditorium Complex, surnommé «The Aud» par les gens de la région, les Huskies vont livrer bataille aux Petes de Peterborough, gagnants des séries éliminatoires de la Ligue de l'Ontario, aux Broncos de Swift Current, monarques de la Ligue de l'Ouest, et aux Rangers, l'équipe hôtesse du tournoi de la Coupe Memorial.

Après un long trajet de neuf heures en autobus, les champions de la LHJMQ sont sur le point d'arriver à destination. Malgré quatre jours ponctués d'entraînements, de réunions d'équipe et de rencontres individuelles, le temps a défilé plutôt rapidement pour eux. Il faut dire que Richard Caisse leur avait concocté un horaire très chargé. Rien n'a été laissé au hasard. L'entraîneur-chef a pensé aux moindres détails.

Même s'il s'est couché relativement tard le vendredi soir, Félix a été incapable de trouver le sommeil une fois à bord de l'autocar et il n'a finalement réussi à s'endormir qu'un peu avant la brève escale pour le lunch. À l'instar de ses coéquipiers, il n'en peut plus d'attendre. Il n'a qu'une idée en tête : sauter sur la patinoire. Malgré les multiples explications et les mises en garde du pilote des Huskies, il se questionne sur ce qui l'attend une fois rendu à Kitchener. Les gars de l'Ouest et de l'Ontario sont-ils réellement plus costauds ? Va-t-il être abordé par l'un des nombreux dépisteurs de la LNH ? Aura-t-il à répondre à des questions en anglais ? Sa mère changera-t-elle d'idée pour venir le voir jouer ? La plupart du temps, quand son cerveau bouillonne et qu'il désire se calmer, Félix écoute des chansons du groupe Kaïn. Cela lui procure habituellement une sorte de détente, parfois même de plénitude, mais cette fois, ça ne fonctionne pas ! Il est grand temps que l'autobus arrive à destination.

Le dimanche, au lendemain de cette randonnée qui semblait interminable, les joueurs des Huskies ont enfin l'occasion de se baigner de l'ambiance du tournoi de la Coupe Memorial puisqu'ils seront les deuxièmes à sauter sur la patinoire du vieil amphithéâtre érigé en 1963.

Assis ensemble dans les gradins, Félix et ses coéquipiers regardent les Rangers s'entraîner. Rémi Cholette, un féru de statistiques, leur raconte qu'il a vu sur Internet qu'au fil des ans, l'organisation de Kitchener a formé près de cent quarante joueurs qui ont accédé à la LNH. Au plafond, les chandails de Scott Stevens, Al MacInnis, Paul Coffey, Bill Barber et Larry Robinson illustrent entre autres le riche passé de cette vénérable organisation.

— Les gars, j'aime pas ce que je vois ce matin, commence par dire Richard Caisse en entrant dans le vestiaire avant l'entraînement. Est-ce que je dirige une bande de beaux et gentils touristes ou les champions du Québec? Vous ne vous voyez pas aller! Ça fait une heure que vous vous promenez partout en prenant des photos la bouche ouverte! Là, c'est fini. La job commence dans quinze minutes. Y a pas eu de tirage au sort, enchaîne-t-il en levant le ton. Vous êtes ici parce que vous êtes les meilleurs, pis on va le montrer dès ce matin à l'entraînement. On va montrer à tout le monde qu'on est venus ici pour gagner. Les autres clubs vont y aller mollo à matin, pas nous. Je vais vous faire suer à grosses gouttes et vous allez garder le sourire comme si c'était facile. On va essayer de jouer dans leur tête. Pis une autre affaire: l'entraînement va se dérouler uniquement en français. Ça va les frustrer de rien comprendre quand je vais parler fort! Bishop, Isner, Kovy, MacInstosh, Wilkinson pis Webster, vous devriez comprendre, mais si vous n'êtes pas certains, vous n'aurez qu'à demander à vos coéquipiers de traduire… *Anyway*, quand je crie pis que je sacre, vous comprenez d'habitude!

Homme d'expérience, Caisse a visé dans le mille. Ses troupiers sont impressionnés, voire intimidés par toute cette attention médiatique et ce n'est que le début de l'aventure. Pour la première fois de sa vie, Félix sent la nervosité l'envahir pour un simple entraînement de routine. En tournant en rond à contre-sens des aiguilles de l'horloge, les joueurs des Huskies constatent rapidement qu'une dizaine de caméras de télévision épient leurs moindres faits et gestes. À cela, il faut ajouter une vingtaine de photographes et une bonne soixantaine de journalistes et de dépisteurs de la Ligue nationale.

Comme il l'avait annoncé, Caisse utilise l'heure et demie mise à la disposition de son équipe pour tenir un entraînement rigoureux. Ses hommes ont tellement bien saisi le message qu'ils demeurent tous sur la glace de leur propre chef lorsqu'il met un terme à l'épuisante séance. Quand le préposé à l'entretien ouvre finalement les portes de la patinoire pour l'entrée de la resurfaceuse, une dizaine de joueurs travaillent encore de façon individuelle.

Une fois dans le vestiaire, c'est un véritable cirque. Félix peine à se frayer un chemin jusqu'à son casier. Il n'a même pas encore eu l'occasion de retirer son chandail qu'on le bombarde de questions. On veut connaître son opinion et tout savoir de lui. Et dès qu'un journaliste s'éclipse pour se diriger vers un de ses coéquipiers, un autre vient prendre sa place pour continuer à l'interroger. Hier soir à l'hôtel, Caisse les avait prévenus et Félix s'attendait à vivre ce genre d'expérience, mais c'est plus fou que ce qu'il avait imaginé. Même le fameux Bob McKenzie du réseau TSN vient piquer un brin de jasette avec Félix qui lui répond du mieux qu'il peut dans son anglais brouillon de la Mauricie.

Si les entraîneurs demeurent à l'aréna pour regarder les exercices des Broncos et des Petes, les joueurs des Huskies partent peu de temps après pour s'isoler en banlieue, dans l'immense auberge qui leur sert de quartier général. Les représentants du Québec ont vite surnommé l'endroit «Alcatraz», comme la célèbre prison, car ils quittent les lieux uniquement pour les matchs ou les entraînements. Seuls les joueurs ou les membres de l'organisation peuvent y accéder.

Le lendemain, en fin d'après-midi, après une autre interminable journée d'attente, les champions de la LHJMQ quittent leur repaire pour enfin disputer leur première partie du tournoi à la ronde. En lever de rideau, les Huskies n'auront pas la vie facile puisqu'ils devront se mesurer aux coriaces Broncos de Swift Current que plusieurs établissent comme grands favoris pour remporter la Coupe Memorial. En plus de miser sur d'excellents vétérans, l'équipe possède deux joueurs, le défenseur format géant Ryan McDowell et l'attaquant Sean Baker, qui devraient être sélectionnés dès la première ronde lors du prochain repêchage de la Ligue nationale.

Ne souffrant d'aucun complexe face à la puissante formation de l'Ouest canadien, Rouyn-Noranda frappe tôt et se forge une avance de deux à zéro avant la fin de la première période. Frustrés et indisciplinés, les Broncos cognent tout ce qui bouge, si bien qu'ils écopent de plusieurs punitions au deuxième engagement. Après quarante minutes de jeu, c'est cinq à un pour les Huskies qui ont capitalisé deux fois en avantage numérique. En troisième période, jouissant d'une confortable marge de manœuvre, Caisse utilise plus régulièrement ses employés de soutien. C'est une façon de les récompenser, mais il souhaite également mettre ses joueurs vedettes à l'abri des coups vicieux tout en les ménageant, car son équipe sera de nouveau à l'œuvre dans vingt-quatre heures. Malgré les nombreuses présences sur la glace pour les Cholette, Loiselle, Rozon, Vanelli, Léveillé, Webster, Bouchard et Wilkinson, les Huskies gardent le rythme pour créer une certaine surprise et enlever facilement les honneurs de cette partie au compte de six à trois.

Avec cette victoire sans équivoque, le Québec lance un message clair aux autres équipes : les Huskies sont coriaces. Toutefois, le prix à payer est assez élevé. Après la rencontre, presque tous les joueurs auraient besoin de glace pour soigner des ecchymoses, surtout Kovtawsky, victime d'un cinglage à l'avant-bras droit. Dans sa brève allocution, Caisse leur demande toutefois de sortir le plus rapidement possible en souriant... et sans sacs de glace.

— Tout le monde a vu comment on s'est fait frapper à soir. Tout le monde a vu comment on est forts physiquement et mentalement. Les gars des Broncos pensent probablement qu'on va sortir d'ici maganés... c'est peut-être vrai, mais faut pas que ça paraisse. On va quitter le vestiaire comme si on sortait du cinéma. Même si on a mal, on boite pas, on fait pas de grimaces, on trimbale pas de glace. C'est juste une étape ce soir, pis gardez en tête qu'il nous reste cinq jours à souffrir et à payer le prix. Interdit d'utiliser un seul des petits sacs de glace qui nous sont fournis ici.

Vingt minutes plus tard, une fois assis dans l'autobus, les joueurs reçoivent enfin des sacs de glace. Le thérapeute Alain Leduc n'en a même pas suffisamment pour tout le monde!

Comme ce fut le cas la veille, Caisse a épargné l'entraînement matinal à ses ouailles. Un déjeuner d'équipe est prévu pour dix heures et ensuite il y aura des séances de visionnement vidéo. Pendant une heure, les adjoints Pascal Milette et Sébastien Mailhot décortiquent la façon de travailler et les tendances des Rangers sur les unités spéciales. Éric Renaud, l'entraîneur des gardiens, prend le relais pour présenter des extraits de buts marqués aux dépens des portiers de Kitchener. Tout est réglé au quart de tour. Reste à dîner, dormir, attendre patiemment le départ vers seize heures… sans oublier de mettre de la glace sur les bobos le plus souvent possible avant de sauter dans l'autobus!

Peu importe la ville, chaque année, au tournoi de la Coupe Memorial, affronter l'équipe hôtesse n'est jamais une sinécure! Si l'adversaire est moins féroce, en théorie, l'environnement se veut toujours beaucoup plus hostile. Au-delà de la préparation spécifique pour affronter les Rangers, le plan de match des Huskies est plutôt simple. Il faut connaître un excellent départ pour vite calmer et réduire au silence les huit mille partisans entassés dans «The Aud».

Malgré l'enjeu immense de ce duel, les joueurs de la LHJMQ semblent avoir de la difficulté à retrouver leur haut niveau d'énergie et d'émotion de la veille. À tel point que Kitchener ouvre la marque en fin de première quand Dino Zucharetty bat Dean Perron d'un revers entre les jambières. Rouyn-Noranda retraite au vestiaire avec un déficit d'un seul but, grâce au vétéran gardien de vingt ans qui a sauvé les meubles à maintes reprises.

Au début du deuxième engagement, Félix et Marc-Olivier Laflamme s'échangent superbement le disque sur une descente à deux contre un. Quand la recrue se détache du défenseur et coupe vers le filet, le capitaine effectue une passe soulevée qui tombe directement sur sa palette. Patient, Félix feinte le tir, mais conserve la rondelle et quand le gardien se compromet et se laisse choir sur la glace, il lance dans le haut du filet. C'est un à un. Avant de célébrer avec ses coéquipiers, le petit numéro cinquante-sept se penche et ramasse le précieux objet. De façon symbolique, il a enterré la rondelle de son premier but sur la tombe de son père. Il a donné celle de son premier tour du chapeau aux Casault et celle de son premier filet en séries à Emma. Celle-ci sera pour sa mère. Elle aurait fort probablement mérité la toute première et il est grand temps qu'il pose un geste concret pour la remercier à son tour.

Félix se voit déjà lui remettre la rondelle en lui disant: «Tiens, mom, c'est pour toi, en attendant que je te donne celle de mon premier but dans la LNH!»

Complice sur le premier but des siens, Laflamme touche lui-même la cible quatre minutes plus tard lors d'une attaque massive quand il marque à l'aide d'un foudroyant lancer frappé. Au dernier vingt, le troisième trio des Huskies porte un dur coup aux Rangers quand Raphaël Bouchard profite d'une

passe savante de Murray Wilkinson pour porter le
pointage à trois à un en faveur de Rouyn-Noranda.
Kitchener garde espoir et n'abandonne pas jusqu'à
la toute fin, mais l'équipe de l'Abitibi tient le coup
et l'emporte trois à deux.

Aucun match n'est à l'horaire pour les Huskies
le mercredi et Caisse n'emmène même pas ses
hommes à l'amphithéâtre pour un entraînement.
Ce congé tombe à point, car les deux dernières
parties ont laissé des séquelles et le thérapeute Alain
Leduc est débordé.

Certains joueurs aimeraient bien quitter le bunker, mais la retraite se poursuit pour la formation
du Québec. Chaque jour depuis leur arrivée à cette
auberge retirée, l'entraîneur affiche une maxime
que tous les membres de l'organisation doivent
mémoriser. Si quelqu'un échoue lorsqu'on lui
demande le dicton de la journée, il doit verser cinq
dollars dans le fonds de l'équipe qui servira pour la
fête de fin d'année. Le pauvre Chico a déjà contri-
bué chaque jour! En ce milieu de semaine, l'adage
affirme les mêmes principes de philosophie que les
jours précédents. *Les joueurs exceptionnels gagnent
des matchs à eux seuls. Les joueurs qui travaillent en
équipe, oublient leur ego, respectent le plan de match
et gagnent des championnats.*

Le jeudi, la formation de l'Abitibi dispute sa dernière joute du tournoi à la ronde. Seule équipe du groupe avec une fiche de deux victoires et aucun revers, les Huskies accéderont automatiquement à la finale du dimanche après-midi s'ils peuvent venir à bout des Petes, les champions des séries de la Ligue de l'Ontario. De son côté, Peterborough a battu Kitchener et a perdu face à Swift Current.

Très solide lors du dernier duel, le cerbère de Rouyn-Noranda revient avec une performance colossale devant la cage des siens. Perron affiche ses couleurs dès la deuxième minute de jeu. Scott O'Brien s'échappe, mais l'habile gardien des Huskies le frustre avec un arrêt spectaculaire. Il étire la jambière gauche à la toute dernière seconde pour lui voler un but certain. Perron remet ça en milieu d'engagement alors que Xavier Neveu est puni pour double-échec. Étendu sur la glace après avoir bloqué un tir de la pointe, Perron a juste le temps de plonger en désespoir de cause pour essayer de stopper Andrew Gibson qui s'apprête à saisir le retour. La rondelle frappe le bout de son bâton et dévie dans les gradins. Médusé, l'attaquant des Petes, qui s'apprêtait à célébrer son but, baisse les bras, déçu.

À la septième minute du troisième vingt, Mathis Lecours rompt cette égalité de zéro à zéro quand il met la touche finale à une belle pièce de jeu amorcée en zone neutre par Mathieu Archambault.

Quand Éric Boisvert concrétise la victoire en dégageant la rondelle dans un filet désert alors qu'il ne reste pratiquement plus de temps au cadran, les Huskies confirment leur participation à la finale du dimanche après-midi avec un gain de deux à zéro.

Malgré ce revers, ce n'est pas la fin de l'aventure pour les Petes, qui auront l'occasion de se reprendre samedi à seize heures face aux Broncos en demi-finale. Défaits à trois reprises dans le tournoi à la ronde, les Rangers sont éliminés.

À moins d'une surprise de taille, Dean Perron, qui n'a alloué que cinq buts en trois sorties, devrait recevoir le trophée Memorial Hap Emms qui sera décerné au gardien par excellence du tournoi, vendredi soir au gala de la Ligue canadienne.

Moins utilisé que lors des séries de la LHJMQ, Félix comprend et accepte son rôle. Auteur d'un but en trois parties, il avait toutefois imaginé contribuer de façon plus significative au succès de l'équipe. Il avait aussi pensé qu'il passerait beaucoup plus de temps à l'aréna, comme à l'époque pas si lointaine des tournois pee-wee et bantam. Aujourd'hui, ses coéquipiers et lui seront encore en réclusion à l'auberge et le scénario des jours précédents va se répéter jusqu'en fin d'après-midi lorsqu'ils partiront tous pour le banquet du tournoi.

Le samedi, le souhait de Félix est finalement exaucé quand l'autobus quitte «Alcatraz» à neuf heures pour prendre la direction du «Aud» où Caisse tiendra un entraînement en fin de matinée. Cette fois, le contexte est différent. La nervosité du début de semaine a disparu. Bien qu'il reste encore un pas énorme à franchir, les joueurs des Huskies ont confiance en leurs moyens et ils ne souffrent d'aucun complexe d'infériorité. Même s'ils sont à l'aube de disputer le match le plus important de leur carrière, ils ont pour la plupart retrouvé leur zone de confort. Avant l'entraînement, dans l'étroit corridor qui mène du vestiaire à la patinoire, les gars discutent et rigolent en préparant leurs bâtons. Tout un contraste avec les dernières journées. Richard Caisse a amené son équipe exactement là où il le souhaitait.

— C'est votre journée bonbon aujourd'hui, explique-t-il à ses joueurs réunis au centre de la patinoire. Vous avez travaillé avec acharnement depuis la fin du mois d'août pour arriver là où vous êtes. Demain, vous allez vivre une journée dont vous vous souviendrez toute votre vie, mais en attendant, c'est primordial de relaxer et de profiter de l'ambiance de la Coupe Memorial. C'est important de ne pas brûler de l'énergie en pensant à ce qui pourrait se produire dimanche après-midi, donc aujourd'hui, les portes d'Alcatraz sont débarrées! Ce soir, on soupe à l'extérieur et on va voir la *game*.

Cette dernière phrase vaut à Caisse une salve d'applaudissements et de sifflements.

— Mais ça veut pas dire que je vous ôte vos menottes, conclut l'entraîneur en donnant ensuite un coup de bâton sur la glace. *Let's go guys!* C'est la dernière pratique de l'année!

Pour la première fois depuis leur arrivée à Kitchener, après l'entraînement, les joueurs n'ont pas à se dépêcher pour quitter l'auditorium. Repêché par les Flyers deux ans plus tôt, Éric Boisvert jase dans un coin avec Paul Holmgren, le directeur général de l'équipe, et l'ancien joueur Ian Laperrière. Joey MacIntosh et Murray Wilkinson, qui sont admissibles au prochain repêchage de la LNH, discutent avec plusieurs dépisteurs.

Dernier sorti de la douche, Félix s'amuse encore à vérifier ses bâtons pour la centième fois. Perdu dans ses pensées, seul au banc des joueurs, il contemple cet amphithéâtre vide en imaginant ce qui l'attendra dans un peu plus de vingt-quatre heures. Il aime ce genre de saine solitude.

— T'écoutais pas quand je vous ai dit ne pas perdre d'énergie à penser à demain? lance Caisse qui le sort du coup de sa torpeur.

— Non, coach! Je veux dire: oui, coach. En fait, je veux dire que j'écoutais, mais que je ne pense pas à demain, répond Félix en sursautant. J'étais seulement dans la lune.

— C'est bourré de *scouts* dans le passage pis dans le hall d'entrée. Comment ça se fait que t'es pas avec les autres en train de jaser ? questionne l'entraîneur en s'assoyant près de son jeune joueur.

— Y a pas de dépisteurs qui veulent me parler !

— Pourtant, y en a un paquet qui me posent des questions sur toi, réplique Caisse avec un regard presque paternel que Félix n'avait jamais vu auparavant. Y en a qui pensent déjà que tu vas jouer dans le *show* un de ces jours. Même Mario Lemieux m'a posé des questions à ton sujet.

— Hein ? Tu me niaises, coach ?

— J'ai-tu l'air d'un gars qui niaise ? Envoye, sacre ton camp d'ici, c'est à mon tour de tomber dans la lune !

Craignant de mal paraître en raison de la piètre qualité de son anglais, Félix préfère quand même ne pas trop s'impliquer dans les conversations. Bouteille de Gatorade à la main, il observe ses coéquipiers et écoute ce qu'ils racontent en attendant le départ de l'autobus.

Après un agréable repas d'équipe au restaurant Red Lobster, tout le monde retourne au bunker se changer rapidement. Ensuite, les gars reviennent à l'aréna pour assister au match de demi-finale. Assis dans les gradins avec les autres joueurs des Huskies, Félix regarde la partie d'un œil distrait en signant des autographes et en se faisant photographier avec des fans. Sur la patinoire, les deux formations se livrent une véritable guerre de tranchées. Finalement, il voit les Broncos se qualifier pour la rencontre ultime du dimanche en l'emportant trois à un face aux Petes. Ce n'est qu'à la fin de cette partie que Félix commence véritablement à sentir de nouveau la nervosité le gagner.

Affamé, Félix engloutit une deuxième omelette au jambon et fromage. Et à l'instar de ses coéquipiers, il avale son petit-déjeuner sans dire un mot. Même si le réveil des troupes était prévu pour neuf heures, il est debout depuis bien plus longtemps. Il a ouvert les yeux à cinq heures trente. Il a pourtant essayé de se rendormir en écoutant de la musique, mais en vain. Découragé, une heure plus tard, il a failli lancer son iPod à bout de bras. Ce n'est pas qu'il ait nécessairement besoin de sommeil, mais il désire dormir pour que le temps passe et que le match face aux Broncos arrive le plus rapidement possible.

Après avoir mangé, Félix rejoint un groupe qui regarde la télé dans la salle commune de l'auberge. Le bulletin de nouvelles de TSN passe en boucle, mais personne n'y prête réellement attention, sauf lorsqu'il est question de la Coupe Memorial. La plupart des gars sont surtout occupés à envoyer et recevoir des messages texte. Félix ne fait pas exception. Il écrit à Emma, Line, Véro et Carl :

> TSN dit qu'on est favoris pour gagner la CUP! ☺

> Est-ce que TSN dit que les lits du Comfort Inn de Kitchener sont confortables ? ☺

> Quoi mom ? T'es à Kitchener ? Depuis quand ?

Avant même le départ de l'équipe pour Kitchener, à l'insu de Félix, Line avait communiqué avec Dany Lafrenière pour s'assurer de pouvoir mettre la main sur des billets advenant la participation des Huskies à la finale. En plus de lui confirmer que ce n'était qu'un détail, le directeur général lui a aussi offert son aide pour réserver une chambre d'hôtel. Vendredi matin, au lendemain du gain face aux Petes, elle a reçu un texto du patron lui demandant combien de billets elle désirait! Elle en a réservé trois, pour elle, Véro et Emma. Tôt samedi, elles prenaient la route ensemble pour une balade d'une dizaine d'heures. Si Line n'avait pas avisé son fils, c'était pour lui faire une belle surprise, mais surtout pour qu'il ne s'inquiète pas en pensant à leur voyage de filles.

La mère, la sœur et l'amoureuse de Félix se retrouvent donc assises ensemble dans la même section que tous les autres parents et amis des Huskies qui pour la plupart sont toutefois arrivés depuis le début de la compétition. Malgré la nervosité, l'ambiance est à la fête et il est plutôt facile de percevoir la grande fierté de ce groupe de joyeux et bruyants partisans. C'est beaucoup plus sérieux sous les gradins, autant dans le vestiaire des Huskies que dans celui des Broncos.

— Y a plus rien à dire, les *boys*! On peut pas aller plus loin que ça, commente Richard Caisse en s'adressant à ses joueurs avant qu'ils sautent sur la patinoire pour le début du match. Y reste deux clubs juniors dans tout le Canada, pis dans trois heures tout va être fini. Peu importe ce qui va arriver, je suis fier de vous. Je sais que vous allez tout donner contre les Swift Current. On les a battus au début de la semaine, pis on est capables de recommencer! *Let's go!*

Si le premier match avait été un pique-nique offensif pour les Huskies, les Broncos jouent cette fois du hockey beaucoup plus défensif et surtout plus discipliné. Patients, ils se replient constamment et attendent une brèche dans le jeu de leurs rivaux avant de contre-attaquer. Et la plupart du temps, ils se contentent de balayer la rondelle dans le fond du territoire de Rouyn-Noranda. Beaucoup plus souvent en possession du disque, les hommes de Richard Caisse se font frapper et encaissent les coups sans nécessairement être en mesure de générer des chances de marquer. Après le premier vingt, les deux clubs sont toujours à la case départ.

Au milieu de la deuxième période, le jeune espoir Sean Baker démontre pourquoi autant de recruteurs l'ont dans leur mire. Posté à la gauche de Dean Perron, il échappe à la surveillance de Cédrick Loiselle et hérite d'une rondelle libre qu'il loge comme par magie au-dessus de l'épaule du gardien malgré un angle très restreint. Frustré, Loiselle le frappe par-derrière et il est chassé pour deux minutes.

Ce sera la dernière présence du défenseur de Trois-Rivières dans cette partie puisqu'une trentaine de secondes plus tard, Zach Smithson profite de son absence pour doubler l'avance des Broncos avec un but en avantage numérique. Le reste de la période appartient à Swift Current qui jouit du momentum et les Huskies peuvent s'estimer relativement chanceux de rentrer au vestiaire avec un déficit de deux buts seulement.

Pendant l'entracte, un lourd et inquiétant silence règne dans la chambre des champions de la LHJMQ. Caisse aborde quelques petits éléments de stratégie qu'il faudra corriger. C'est tout. Pas de discours, pas de belles paroles, tout a déjà été dit et redit. Les gars savent ce qu'ils doivent faire. Ils se sont sortis d'une impasse similaire lorsqu'ils faisaient face à l'élimination à Rimouski en demi-finale. Ils sont conscients qu'ils peuvent répéter ce genre d'exploit.

Avec un retard semblable, l'entraîneur décide de jouer le tout pour le tout. Avant que la rondelle tombe pour la mise en jeu, il avertit tout le monde que dorénavant, il va utiliser seulement deux trios et trois défenseurs. Face à un adversaire qui a joué la veille, il espère que son vis-à-vis n'aura pas les ressources nécessaires pour continuer de contrer la force de frappe de son équipe.

La stratégie de Caisse n'est pas bête. Pendant que les Broncos se concentrent pour préserver leur avance en lançant constamment la rondelle dans la zone des Huskies, son équipe attaque et bourdonne souvent en territoire ennemi. À force de cogner à la porte, les joueurs du Québec finissent par récolter des dividendes à mi-chemin de l'engagement quand Kovy fait bifurquer un tir de Rousseau et réduit ainsi l'écart à un seul but. Même si l'entraîneur de Swift Current commande un temps d'arrêt, ce jeu change aussitôt l'allure de la rencontre. Les Huskies retrouvent leur belle confiance, tandis que les Broncos jouent maintenant avec la peur de perdre.

Avec six minutes à écouler au troisième tiers, Milan Isner intercepte une passe en zone centrale et détale fin seul. Plutôt décevant depuis le début du tournoi, le joueur d'origine tchèque dégaine du côté de la mitaine. Son tir fait mouche et provoque l'égalité! Dans la section deux cent quatre, les partisans des Huskies sont en liesse. D'ailleurs, la plupart des amateurs de hockey se réjouissent. Impartiaux en l'absence des équipes de l'Ontario, ils assistent à un bon spectacle et ils auront fort possiblement la chance de voir cette finale connaître son dénouement en prolongation.

C'est d'ailleurs le scénario qui se produit. N'utilisant qu'une dizaine de joueurs depuis le début du troisième vingt, Caisse donne un petit répit à ses meilleurs éléments en recommençant à employer son troisième trio. Après soixante minutes de jeu, c'est l'impasse à Kitchener.

Si les Broncos risquent de tirer la langue en raison de leur match de la veille, les Huskies ne se retrouvent guère dans un meilleur état. Frappé solidement en deuxième, Neveu souffre le martyre et peine à avancer ; blessé dans la première partie du tournoi, Kovtawsky ne peut lancer avec force ; quant à William Rousseau, il a possiblement un orteil fracturé après avoir bloqué un tir en désavantage numérique en première période.

Évaluant la situation, Caisse juge qu'il faudra frapper tôt pour espérer se sauver avec la Coupe Memorial, car prolonger le duel trop longtemps pourrait être favorable à l'ennemi. Avec Neveu qui avance au ralenti, il décide de ramener Félix sur le premier trio. Cette fois, il place le jeune au centre avec Kovy à sa droite et Isner à sa gauche. Moins utilisé que les deux vétérans, Félix vole littéralement sur la glace et dès leur première présence, les trois joueurs s'échangent le disque avec une complicité qui désarçonne les Broncos. Le pilote des Huskies en profite donc pour les lancer dans la mêlée à chaque occasion.

À leur quatrième apparition sur la patinoire, Félix coupe une passe dans sa zone, décampe à toute vitesse puis évite un joueur qui tentait de le frapper. Toujours en contrôle de la rondelle, il déborde sur sa gauche en battant un rival de vitesse pour provoquer une descente à deux contre un avec Kovy, à qui il remet le disque sans hésitation. L'attaquant russe attire le défenseur McDowell, le fait très mal paraître en lui glissant la rondelle entre les patins, puis comme il s'apprête à décocher un tir du revers en accélérant vers le filet, il décide de refiler à Félix complètement seul sur sa gauche. Sans perdre une seconde, ce dernier décoche un tir qui file à toute allure vers le gardien Johan Brenstan.

Pendant un bref instant, tout se déroule au ralenti pour Félix qui observe la trajectoire de la rondelle comme Kovtawsky et Brenstan. Un violent bruit de métal réveille tout le monde. Le lancer a frappé la tige horizontale. Une fraction de seconde plus tard, les deux attaquants des Huskies entrent en collision en évitant de justesse le gardien des Broncos étendu sur la glace. Les deux se relèvent péniblement pour se traîner jusqu'au banc. Quand ils arrivent enfin pour effectuer un changement de joueurs, il est trop tard : Swift Current marque au même instant sur la contre-attaque.

Dans un geste spontané, les deux coéquipiers se laissent chuter sur la patinoire et fondent en larmes en se tenant la tête à deux mains.

Pendant que le banc des Broncos se vide dans l'euphorie la plus totale, c'est la consternation sur celui des Huskies. Personne ne parle, personne ne bouge, c'est comme si on attendait que le film se rembobine et que le réalisateur reprenne la caméra pour tourner une meilleure scène finale. Ils étaient pourtant si près du but ! Un demi-centimètre plus bas et le lancer de Félix aurait dévié à l'intérieur de la cage. Un demi-centimètre plus bas et les représentants de la LHJMQ étaient sacrés meilleur club junior au pays. Tout s'est déroulé si vite… Le choc est brutal.

Complètement démoli, agenouillé sur la patinoire, les yeux fermés, Félix revoit son tir. C'est de sa faute s'il n'y aura pas de parade à Rouyn-Noranda. Inconsolable, comme la plupart de ses coéquipiers, il pleure à chaudes larmes sous l'œil indiscret des caméras de télévision qui se régalent de ce genre de scènes, sous prétexte de capter à vif l'émotion des athlètes. Richard Caisse et ses hommes croyaient fermement en leurs chances.

— *Don't worry, kid, that's not your fault*, lui dit Kovy pour le réconforter, sans beaucoup de conviction dans la voix.

— *No. That's my fault, Kovy.* Si j'avais marqué, on aurait gagné. On a perdu à cause de moi. Un tir… juste un tir pis ça aurait tout changé, réplique Félix en regardant dans le vide.

Sans même qu'il en soit conscient, et il ne le saura probablement jamais, Félix a vu le cours de son destin se jouer sur ces quelques millimètres.

Pendant qu'à la télévision, les images alternent entre les joueurs des Broncos qui festoient et les porte-couleurs des Huskies qui sanglotent près de leur banc, à plus de deux mille kilomètres de Kitchener, à Cap-Breton en Nouvelle-Écosse, Jeffrey Dunlop lance un juron qui résonne à travers toute la maison. Rouge de colère, le bouillant directeur général des Screaming Eagles est venu à un demi-centimètre d'ajouter Félix Riopel à sa formation. Un tir… juste un tir et ça aurait changé le visage de son club pour la saison prochaine.

Que serait devenue la vie du jeune prodige s'il avait été obligé de suivre Labelle, Gagné, Bishop et MacIntosh avec le club des Maritimes ? Plutôt que de faire ses valises pour rejoindre cette formation qui va vraisemblablement aspirer aux grands honneurs, il va retourner en terrain connu à Rouyn-Noranda, avec une équipe qui sera en reconstruction et où il deviendra la pierre angulaire de l'attaque, malgré son jeune âge. La prochaine année sera déterminante pour Félix. Il a laissé une superbe impression à Kitchener… Et dans un peu plus d'an, il sera admissible pour le repêchage de la Ligue nationale.

Malgré la douleur atroce de cette défaite crève-cœur, le petit hockeyeur originaire de Louiseville a prouvé à tout le monde qu'il peut tenir son bout dans cette jungle. C'est d'ailleurs cet élément qui va ressortir dans les médias et non pas sa malchance.

Par son talent et sa combativité, il a prouvé à Dany Lafrenière et à Richard Caisse qu'ils ont pris la bonne décision en le gardant à Rouyn-Noranda.

En se relevant, il cherche Line, Véronique et Emma dans les estrades. Son regard balaie la section réservée aux parents et aux amis… Ce n'est qu'un coup d'œil furtif. Pour le moment, il veut vivre cet instant douloureux avec ses coéquipiers.

Maintenant, sa famille, c'est aussi la meute des Huskies.

À suivre…

Note aux lecteurs

Les noms des personnages ainsi que les événements que l'on retrouve dans ce roman ne sont que pure fiction. Seuls les noms des joueurs de la LNH sont réels tout comme celui du commissaire de la LHJMQ, mais leur association à cette œuvre demeure aussi de la fiction. Les noms des ligues de hockey, des villes, des amphithéâtres et de la plupart des établissements commerciaux qui sont cités dans ce roman existent réellement.

Toute ressemblance avec qui que ce soit s'avère une coïncidence.

Table des matières

1. Un nouveau rôle. 9

2. Un exil difficile 19

3. Une visite à l'hôpital 41

4. Retour à Louiseville 61

5. Les vacances de Noël 79

6. Le retour de Loiselle. 97

7. Une rencontre inopinée 105

8. Line rencontre Richard Caisse 119

9. Grosse transaction à Rouyn-Noranda. 131

10. L'arrivée fracassante de Kovtawsky 141

11. La rédemption de Félix 155

12. Bianka avec un «k» 173

13. Retour à Québec 185

14. Prêts pour les séries 199

15. En route vers Kitchener 227

16. La Coupe Memorial. 241

    Note aux lecteurs 267

DU MÊME AUTEUR

La LNH, un rêve possible – Tome 1 : Les premiers pas de huit hockeyeurs professionnels québécois, Montréal, Hurtubise, 2008.

La LNH, un rêve possible – Tome 2 : Rêves d'ici et d'ailleurs, Hurtubise, 2011.

C'est la faute à… – Tome 1 : C'est la faute à Ovechkin, Hurtubise, 2012.

Suivez-nous

Achevé d'imprimer en mars 2013
sur les presses de Marquis-Gagné
Louiseville, Québec